D0814794

# Pascal Quignard

# Abîmes

### Dernier royaume, III

Gallimard

# CHAPITRE PREMIER

Il ne semblait pas que son silence dût au malheur. En lui le silence, l'ombre, l'ennui, le vide étaient liés aux plaisirs qui s'y recherchent. Le plus souvent la nudité se trouve confondue à ce silence. Elle ne se distingue plus de cette attente pure dans la pénombre. Et le bonheur. Et la lecture y ajoute encore une autre voix, une voix encore plus singulière, une voix plus étrange encore qu'un chant, une voix maintenant l'âme dans l'absence complète de résonance. Le lecteur est comme un animal qui se tient sur le bord d'un lac plus ancien que celui de la voix humaine.

Dans les banquets c'était un compagnon qui regorgeait de bienveillance et d'affabilité. Dans les jouissances qui les suivaient il était plus réservé, il s'asseyait à l'écart, il ne dénudait qu'à peine le bas de son ventre, s'émouvait, donnant toute son attention aux indécences auxquelles il ne prenait pas vraiment part.

Il détestait toute turbulence.

Les coups l'horrifiaient.

Il évitait toute société de femmes ou d'hommes qui parlent trop.

Il aimait immensément le latin et il appréciait la plupart des vieux auteurs de l'ancienne langue qui avait été écrite en France du temps des chevaliers et des cours de Champagne. Il n'écrivit rien qu'il n'eût lu et qui n'eût contraint préalablement sa lecture dans le rythme de sa respiration.

Il écrivit : Ne point errer est chose au-dessus de mes forces.

Il a écrit : Il est malaisé de régler ses désirs.

Dans la fable qu'il a rédigée et qui concerne deux pigeons qui songent l'un à l'autre, qui s'aiment très mal, qui préfèrent le sentiment à la volupté, qui préfèrent la curiosité touristique et sociale au bonheur asémantique de s'observer dans l'ombre, à l'instant où la narration prend fin, un chant inexplicable s'élève, comme une vague qui a été soulevée par tout ce qui a été dit et qui s'avance encore et qui ne peut se retenir.

Ce chant qui n'a plus rien à relater, devenu tout nu, est si simple qu'il faut faire effort pour se dérober à son ascendant et pour méditer la pensée si peu chrétienne, si originaire, si sexuelle, si mortelle qu'il achemine.

Alors la vague, comme chaque vague de la

nature, invente le bout de sable humide et mat où son mouvement retombe.

Là rien ne brille.

Mais là, dans cette trace plus sombre, quelque chose luit ou du moins respire dans un terrible et calme séjour.

La beauté résonnante des vers irradie sourdement le monde sonore qui s'y anéantit.

Elle y répercute une luminescence singulière et étouffée;

une *dorure* pâle;

une *aube au mauvais moment*;

une *lueur intempestive*.

*Luisance* dont on ne sait plus si elle rappelle une nuit ou un jour.

*

Trace absorbée d'une eau qui serait plus *assombrie* que la nuit qui succède à chaque ensoleillement.

Comme une eau où nous aurions demeuré *avant le soleil*.

Je cherche à évoquer un visage — le visage d'un homme qui commença à écrire en 1640 — ou plutôt je parle d'un monde comme miré dans l'eau qui coule. Un monde non pas déformé mais flottant.

Un univers entre deux eaux, avec le reflet blanchâtre du soleil.

Se mire-t-on près d'un rivage ?
Ce n'est pas soi qu'on voit
On ne voit qu'une image
Qui sans cesse revient.

★

Le vers qui décrit la temporalité qui divise les tâches des hommes, division de la durée qui les a délogés de l'instant, qui les a arrachés à la puissance animale de son extase (*Le mal est que dans l'an s'entremeslent des jours...*), se trouve être une correction d'épreuves qui date de 1678.

Jean de La Fontaine la nota sur un carton glissé entre les pages.

J'allais examiner ces épreuves dans la Réserve de l'ancienne Bibliothèque nationale — qui se trouvait située, au siècle dernier, rue de Richelieu, dans le II⁰ arrondissement de Paris.

Nous n'irons plus reprendre souffle, ni lire, dans cette odeur à la fois grise et bruyante, dans cette salle pâle qui donnait sur un square.

En ce temps-là, dans ce lieu-là, on avait conservé les premiers exemplaires tirés qui portaient : *Il s'entremesle certains jours...*

Petit vers qui ne vaut rien — ou du moins qui ne vaut guère plus que ce que je puis dire en souvenir de cet art si imprévisible.

★

Il y a un lieu que j'aime loin du monde, où j'ai vécu, avant les dix-huit premiers mois de mon enfance, avant le mur couvert de lierre et les noyers, les mûriers, les fossés de l'Iton. Endroit du monde où l'eau est si pure qu'il n'y a pas de reflets. Je ne sais plus où se trouve ce lieu ou cette espèce de ruisseau qu'il me semble avoir connu sur la terre. Il était peut-être, sur la terre, dans ma mère, derrière son sexe invisible, dans l'ombre qui y était logée. C'est peut-être tout simplement un lieu, un pauvre lieu, un minuscule lieu, cette chose que je nomme le jadis. On raconte que l'empereur Claude dans sa piscine, au haut du rocher de Capri, répétait une phrase grecque qu'il avait retenue d'une tragédie d'Euripide.

— Il n'est aucun empire humain, récitait-il. Au-dessus de moi je ne vois que des oiseaux de mer.

On raconte que le président Azana, mourant en Andorre, après qu'il eut tourné son visage vers ses proches, murmurait :

— Comment s'appelait ce pays ? Vous savez, ce pays qui existait ? Ce pays dont j'étais le président ? Je ne m'en souviens plus...

# CHAPITRE II

Le téléphone sonna. Je me penchai. Je vis le fil qui suivait la plinthe et la prise qui était située entre la porte et le canapé. Je me levai, m'approchai de la porte, m'accroupis, débranchai la prise.

La sonnerie s'interrompit tout à coup.

Je m'assis par terre en me frottant les mains avec satisfaction.

— Mais... vous n'êtes pas chez vous ! me dit-elle.

Je réfléchis. Puis je dis :

— Non.

— Qu'est-ce qui vous permet de débrancher mon téléphone ?

— Le bruit.

Elle fumait une cigarette qu'elle gardait entre ses deux mains courbées en berceau.

Je regardais la fumée s'envoler dans les *jours*, qu'on pouvait discerner entre les phalanges blanches et maigres de ses doigts.

# CHAPITRE III

L'axe de rotation de la terre traverse les régions polaires. Les rayons solaires les frappent obliquement. La quantité de chaleur reçue est proportionnelle à l'angle sous lequel le rayonnement parvient à leur surface. Enfant je m'approvisionnais en tendresse auprès des radiateurs ;

des poêles Godin ;

des lampadaires ;

des prises électriques ;

des lampes de poche.

Parfois il y avait de brusques éclaircies entre deux averses cheminant le long des quais du port, traversant les retenues noirâtres des sas.

La succession des ceintures végétales et leur faune suivent les flancs des montagnes.

Elles les accompagnent elles aussi selon l'angle de la pente.

Elles progressent suivant l'orientation du versant.

C'est ainsi que les forêts les plus hautes s'élèvent dans l'ombre obscure.

*

Certains poissons électriques peuvent émettre jusqu'à 550 volts. Le champ électrique qui les entoure dans le silence est *l'ancêtre du regard*.

*

La matière, tandis qu'elle explose au sein de l'espace, fuse et retombe. Ou comète ou planète. La répétition et la dégradation divergent peu.

Puis, dans le monde vivant, la naissance et la vieillesse se désassemblent.

Puis, dans le monde humain, adolescence et obsolescence semblent se répondre comme des pôles. Mais à leur source coït et agonie formaient une même action que leur râle identique trahit encore.

Ces deux sources que je propose à l'origine du temps ne s'opposent pas diachroniquement.

Même volcan, il s'agit de jaillir.

À l'horizon temporel la mort et la sexualité sont les deux faces d'un même visage de dieu Janus qui va rajeunissant dans les cités des hommes et qu'on nomme janvier.

Ce que nettoient et rabougrissent la mort et l'hiver, la parturition et le printemps le renouvellent de façon de plus en plus brillante et de plus en plus profuse.

Dans le chemin de halage qui suit l'Yonne je coupe les fleurs mortes et les branchettes qui les supportent dans le dessein qu'elles fourmillent.

Elles s'accumulent, se multiplient, se déplient, s'entrouvrent, se colorent.

Les penseurs du Japon ancien estimaient qu'au fur et à mesure que le temps s'écoule, qu'au fur et à mesure que la masse des morts s'accroît, qu'au fur et à mesure que le peuple des vies augmente, qu'au fur et à mesure que les durées se capitalisent et qu'elles se fécondent, le printemps qui éclôt est de plus en plus neuf, la nouveauté qui nous entoure est de plus en plus dense.

*

Le désir fait sortir de soi. Il fait sortir de l'ici de l'espace. Il fait sortir de l'*idem* du corps sexué.

Deux fragments de temps polarisent tout à coup soulevant la relation en extase.

Dans les deux cas la polarité se renforce au point de faire axe. Cet axe et cette tension orientent. Le désir se tend et brise le mur du temps par une soudaine réciprocité (car le temps, étant irréversibilité, se brise dans la réversion soudaine de lui-même).

Chaque pôle s'accroît si étrangement.

C'est le *co-ire* sexuel.

*Ire* veut dire en latin aller. Aimer consiste en une co-errance d'un instant.

Compagnie d'un instant.

Compagnie émerveillée d'un instant. Instant qui fuse, qui retombe. Ils chuchotent. Ils mêlent leurs doigts plus étroitement que leurs corps ne se confondent jamais.

La langue est le lieu où les locuteurs sont interchangeables. Là où les différences se renoncent, la polarisation sexuelle se renonce. La langue est le domaine où la polarisation se dépolarise, où les sexes s'oublient, où les humains s'échangent. Le *je* viager que l'on s'échange dans la langue n'est pas sexué.

Puis le désir renaît. Le temps renaît. Le printemps renaît. La séparation renaît. La différence renaît.

*

Toutes les sociétés anciennes croyaient avoir à charge d'aimanter les cours temporels, célestes, animaux, naturels, sexuels à leur profit. Détourner le flux du passé, telle était l'économie politique. L'historiographie que les premières cités se sont adjointe ne faisait que cela : Une rhétorique agglutinante, magique, mensongère, atrocement rétroactive prenait en otage le premier temps, le printemps, la fécondité, la nativité pour les faire revenir.

À sa source l'histoire fut un *appelant du temps*.

\*

Il est vraisemblable que la singulière impression de « revenir sur terre » renouvelle l'expérience *princeps* de la naissance par laquelle un vivant quitte un monde pour un autre.

Une nouvelle distension à la source du temps provient du langage qui déchire le donné et y oppose terme à terme tout ce qu'il y distingue c'est-à-dire tout ce qu'il hallucine comme perdu, désirable, manquant, affamant.

Le dernier décalage enfin est une conséquence du langage ; c'est celui que la mort individuelle (c'est-à-dire nommée puisqu'il n'y a pas de mort individuelle tant qu'il n'y a pas un individu qui s'identifie comme lui-même à partir d'un nom propre qui l'oppose à d'autres identités nommées) introduit dans l'expérience humaine. Un soleil noir s'ajoute à la lumière. Un monde qui n'est plus nommé dans l'âme au-delà de sa disparition. Petit abîme.

# CHAPITRE IV

## Ut sol

Ovide décrivit le plaisir de la femme. *Adspicies oculos tremulo fulgore micantes ut sol a liquida saepe refulget aqua.* Les yeux de la femme qui jouit brillent d'un éclat qui *tremble comme il arrive aux rayons du soleil reflétés dans une eau transparente.*

Au-dessus de cette luminosité sourde et liquide surviennent les plaintes.

Puis le murmure.

Puis le gémissement.

La vision de la joie extatique se présente comme un reflet à la surface d'une « eau liquide » (*liquida aqua*).

Une minuscule foudre invisible dont la répercussion tremblote dans la vision des femmes qui acceptent la volupté.

La méditation d'Ovide est proche de celle de Spinoza pour qui le plaisir sexuel n'est pas la joie en direct — mais le reflet d'une joie plus vaste. D'une joie ontologique, volcanique. Joie de l'être à être. *Ut sol* : comme le soleil qui s'épanche, ainsi pensent les musiciens. Joie digne du soleil rayonnant. Joie naturelle mais joie qui date d'avant l'invention naturelle de la sexualité animale : joie du jadis. Joie solaire où la terre a puisé, où la vie a puisé. Joie expansive dont nous ne sommes que le reflet. Reflet d'un éclat qui tremble sous une épaisseur d'eau qui précède. Reflet abyssal, lointain, ancien, fragile, jamais linguistique, sinon muet.

# CHAPITRE V

Ma respiration s'arrêta brusquement. On parlait de Marthe derrière moi.

J'eus le courage de ne pas me retourner. Je m'immobilisai. Feignant d'être ailleurs, je me mis à écouter comme un fou ce qui se disait dans mon dos.

Il reste quelque chose de phobique dans le langage dès qu'il est question de celui ou de celle qui fut aimé. L'oreille y gagne une acuité soudaine. L'attention redevient animale. Tout le corps est tendu.

La voix elle-même, du fond du corps, se hausse, reprenant une part d'enfance.

On contrôle mal ses ruses.

Au détour d'une phrase on croit poser habilement une question qu'on espère anodine mais qui est tellement anxieuse de ce qu'est devenu celui ou celle qui a été aimé qu'elle trahit tout du passé.

La voix se baisse.

Le souffle s'y enroue.

Une certaine lenteur gagne l'expression. C'est une précision plus méticuleuse dans l'évocation comme si un vestige d'attrait persistait à jamais à l'intimité perdue, aux liens dénoués, à l'ignorance des mois ou des années qui séparent désormais de la rupture ou de la disparition.

La parole effleure une zone intéressée, zoologique, nue, intime, possessive, qui est demeurée intacte au fond de nous en dépit du temps qui s'est écoulé et qui s'est définitivement perdu.

Cette fissure ou cet abîme que les mots qu'on cherche à entendre réveillent est une curiosité malade.

À jamais malade.

À jamais malade parce que radicalement meurtrie à proportion qu'elle s'était offerte tout entière, de tout le corps, spontanément, irrésistiblement.

Malade à mort jusqu'à la mort parce qu'elle avait tout donné jusqu'à sa peur, sa vision, son dénuement, sa honte.

*

C'est ainsi qu'une contrée, une *lande de passion ouverte à tous les vents*, à toutes indiscrétions, s'étend en arrière de soi, immense, chuchotante, alors qu'on feint d'avoir les oreilles fermées.

C'est une attention qui n'est pas volontaire.

À la vérité rien ne fait taire la jalousie qu'on conserve pour le corps auquel on a pourtant renoncé.

Rien ne diminue le sang-froid extraordinaire qui accompagne cette attention de chevalier errant qui avance dans la pâleur de l'air et les buissons d'aubépine.

C'est une mise en alerte de l'ineffaçable. J'ai parlé de Marthe dans *Le Salon du Wurtemberg*. Je l'avais aimée en 1977.

# CHAPITRE VI

De nouveau le paysage du Wurtemberg était magnifique. La neige ne tombait plus. Le ciel était blanc. Les collines blanches, les arbres blancs.

# CHAPITRE VII

## *Les saisons et les phrases*

Dès le premier trait surgissent ensemble l'arrière-plan et la figure.

Et ils s'opposent comme deux pôles.

Dans la prédation active, dans le bondissement des carnivores se jetant sur leur proie — dans la projection de tous les êtres se projetant sur leur pôle —, se découplent le fond et soudain le corps admirable qui se meut et se détache sur lui.

La chasse est le fond de l'art.

Le guet le fond de la contemplation.

La faim le fond du désir.

La carnivorie le fond de l'admiration.

\*

Le temps fut d'abord conçu comme prédation. L'être comme sa proie.

\*

La source de l'histoire : La périodicité nycthé-mérale s'ennoblit peu à peu dans la périodicité saisonnière.

Une régularité engloba le rythme du groupe dans sa propre présence à lui-même.

Le mot présence veut dire en latin rapproche-ment. Les temps de rapprochement entre les individus au sein des groupes sont appelés les fêtes. Le groupe, déchirant la déchirure du jour et de la nuit en celle des solstices, étendit la dis-tension au point d'en distribuer les rôles dans un voyage céleste, annuel, communautaire.

*

Les photophores portent la lumière, les dory-phores les lances, les égophores le petit mot *je*.

Petit mot *je* que les parleurs placent à la source de leurs cris, auquel peu à peu ils ajoutent foi, dont ils espèrent un peu de clarté, où ils rêvent de vaillance.

Avec le petit mot *je* la phrase linguistique fonde une relation réciproque entre le destina-teur et le destinataire.

Les égophores qui se lancent la langue natu-relle involontaire sous la forme du dialogue, la reçoivent dans leur corps sous la forme de l'écho de la langue « nationale » acquise (la conscience). Chaque fois qu'ils s'adressent l'un à l'autre, ils fondent à nouveau la possibilité de la société humaine (c'est-à-dire la réciprocité, la guerre, la religion, l'envie).

En se passant le relais du petit mot *je*, ils s'entr'anéantissent (ils s'échangent).

Une phrase fait aussitôt monde selon deux axes qui remanient le milieu et transfigurent la sexualité.

La phrase fonde une autre relation que la relation sexuelle. La relation sexuelle n'oppose pas, elle ne polarise pas : elle différencie. Le mot latin *sexus* signifie séparation.

La relation linguistique, déchirant à jamais entre le référençant et le référencé, érige un axe entre l'humanité et la terre qu'aussitôt elle oppose. Axe qui va du langage à la nature, du chronologue à l'achronique, du discontinu au continu, du sujet à la chose en soi, de l'horizon du monde à la source invisible de l'origine.

Les égophores dans leur dialogue sont à la limite du face-à-face prédateur qu'ils imitent. Ils se situent à la frontière de l'opposition envieuse ou de l'hostilité meurtrière qu'ils inventent en parlant, en écoutant, en obéissant. Leur monde est au bord d'une ligne d'abîme.

L'acquisition de la relation réciproque est elle-même réciproque (fusionnelle, contemporaine) comme le lien de mère à enfant.

L'acquisition du second axe est irréciproque (asynchrone, historique) comme le lien de père à

fils (le sans lien des deux morceaux irrejoi-
gnables qui forment le symbole, la citériorité
irrattrappable du passé et sa domination sempi-
ternelle sur les nouveaux arrivants dans leur
matière, leur forme, leur genre, leur visage, leurs
expressions, leurs relations).

Face à face Monde et Sens, Être et Temps.

\*

Les deux pôles temporels qui surgissent avec
l'homme (qui surgit avant la vocalisation interne
du langage acquis sous forme de conscience
personnelle) configurent selon un mode propre
à chaque langue dans chaque langue, mais poursuivent cette configuration dans toutes les formes
sociales.

C'est la formation linguistique des mots
dans les langues naturelles qui quitte l'adversa-
tion et la sexuation et voue la pensée humaine à
l'opposition.

Alors irréversion et répétition se polarisent
comme *Alter* et *Idem*.

Les sociétés humaines les accentuent en les
ritualisant. Chaque année reviennent les jours
chômés, les vacances, les jours sacrés. Retour circulaire de l'Éden, du jadis, des naissances, des
anniversaires des naissances, des initiations qui
les réitèrent.

Le Cercle qui est émietté sur la flèche chronique s'oppose au point utérin qui hante. Ici invisible qui devient Là où nous fûmes. Nontemps qui hante le temps. Ici qui traverse le Là. Ici qui appelle les hommes dans la dépression comme un sable mouvant obscur où toute identité se perd.

★

Les signes sont des dipôles. La terre elle-même est un dipôle placé le long de l'axe de rotation dont le pôle nord magnétique se confond avec le pôle nord géographique. Les volcans sont les mémoires actives de cette aimantation de la même façon que les dépressions nerveuses, les abîmes des *breakdown* reviennent le long de l'axe linguistique.

★

Je pose que le temps n'a pas trois dimensions. Il n'est que ce battement, ce va-et-vient. Il n'est que ce déchirement inorienté.

Ce qui reste du fond du temps originaire dans l'homme est un battement à deux temps : perdu et imminent.

Croce disait : L'histoire est toujours contemporaine.

La construction linguistique de la présence du

passé est toujours contemporaine du jadis irréversible, inorientable, physique qui afflue en lui.

L'actuel ne cesse de se raconter une histoire : il oriente son perdu. (Il oriente son inorientable, son désorienté.) Par exemple en URSS, au cœur du siècle dernier, le passé était complètement imprévisible. Durant cinquante ans ce qui avait eu lieu autrefois changeait du jour au lendemain.

★

Le coït est un dipôle. Le désir et le plaisir sont eux-mêmes distants l'un de l'autre. L'impatience et la temporisation se font face dans l'homme et dans la femme. Elles définissent le *laps* de temps. La Bible de saint Jérôme nomma *lapsus* la faute originaire. En musique c'est ce qu'on nomme la *mesure à vide*.

La battue du temps réside au cœur de l'étreinte qui précède la naissance.

★

Le temps social n'est ni linéaire, ni cyclique. Il est 1. dipôle comme la sexualité, 2. oppositif comme le langage qui le rend possible.

Le temps social oppose l'admonition et la transgression ; calme et tapage ; individualisation et communion. La vie de chacun au milieu de tous est avant tout une suite de nœuds de règles,

rythmée de désordres. Ces désordres, ces excita-
tions sont les effusions de sang, les liesses.

*

Les langues sont les sélectrices des temps.
Elles mettent des marques sur les actions indi-
quant l'antériorité, l'ultériorité, la concomi-
tance. On dit passé, futur, présent. On pourrait
dire accomplissement, imminence proche ou
imminence lointaine. Cette tripartition n'appartient pas aux langues elles-mêmes et moins
encore à toutes les langues humaines naturelles,
qui sont loin de la connaître. C'est un tri dont le
sélecteur est mythique. Si ce tri va par trois c'est
parce que les mythes comme leurs héros aiment
les épreuves qui vont par trois à la façon des
familles des vivipares. Mais le suspens que cette
progression entraîne a à voir avec le temps même
prélinguistique, captivant, qui va par deux
comme les langues. La temporalité est plus originaire que les langues qui la marquent ou que
les mythes qui se mettent en quête d'elle. Leur
acquisition dans l'enfance imprègne l'enfant de
ces prédécoupages et en dissimule la nature sous
le décompte maniaque, l'obéissance rituelle, l'intériorisation obsessionnelle. Mais autant ces
formes ne peuvent pas être déduites du temps,
autant ces marques ne peuvent pas être distin-

guées des langues qui permettent de les penser et qui les instituent.

★

L'origine du futur fut l'image onirique. Puis hallucinatoire. Puis endeuillée. Il y a trois mondes : prédateurs, proies, morts. Aux trois mondes des chamans sibériens correspondent les trois maisons de l'âme. Cadet Rousselle, à Auxerre, a trois maisons.

# CHAPITRE VIII

Si on nomme désuet ce qui date de l'âge des cavernes et qu'on prétend en éliminer le retour, alors la concupiscence, la honte, la mort, la sexualité, l'angoisse, la langue, la peur, la voix, l'envie, la vision, la pesanteur, la faim, la joie doivent être proscrites.

# CHAPITRE IX

L'empereur Auguste naquit sous le consulat de Cicéron, en – 63, le neuvième jour avant les calendes d'octobre, avant l'aube, dans le cellier de sa maison, dans la partie du Palatin appelée Aux têtes de bœufs (*Ad capitula Bubula*).

Bœufs qui sont encore un peu aurochs.

Cinquante-six ans de règne dont quarante-quatre ans de pouvoir solitaire.

Il portait toujours un couteau de chasse à la ceinture.

Il disait tout le temps, en langue grecque : *Speude bradeos*. Ce qui veut dire en français : Hâte-toi lentement.

En latin : *Festina lente*.

Son hiéroglyphe de mémoire sur les pièces de monnaie et sur les arcs fut le dauphin-ancre.

Proverbe extraordinaire, à la manière des *impossibilia*, en ce qu'il dit en deux mots le temps humain, ce mixte de poussée et de retour, de bondissement au-dessus des vagues et d'ancrage au fond de la mer, d'événement et de répétition, de morsure et de remords, de jadis et de maintenant.

Suétone ajoute que la locution qui suggère de renvoyer une affaire ou une décision aux calendes grecques (*ad Kal. graecas*, c'est-à-dire aux calendes qui n'existent pas) est une expression qui aurait été inventée, elle aussi, par l'empereur Auguste.

Alors il s'asseyait.

L'empereur attendait l'objet perdu, la main sur son couteau de chasse.

Puis la main sur tout ce qui ressemblait à un couteau de chasse. C'est le lien de *stylus* à *stylo*.

# CHAPITRE X

## *Traité des antiquaires*

Il faut défendre les antiquaires et les opposer aux historiens.

Il s'agit de mettre en valeur les anecdotiers et la récolte qu'ils font des faits divers pour les opposer au camouflage et à la *Propaganda*.

Dans la mort que la répétition répète jusqu'à l'oubli, il faut préférer le collectionneur de beauté (la piété actuelle à l'égard de ce qui fut invisible) à l'homme d'État qui tisse horreurs et hurlements à son profit en sorte de fonder sa domination, au journaliste payé par un des groupes de pression en conflit en sorte d'imposer la volonté de puissance qui le rétribue, à l'historien salarié par l'État pour simplifier et peinturlurer ce qui fut, au philosophe rétribué par l'État pour lui procurer raison, orientation, signification, valeur.

★

On dit souvent que l'admiration pour l'ancien est une passion récente. Ceci est contredit par les exemples d'autrefois. Le goût pour l'ancien est un luxe qui caractérise depuis toujours la puissance dans les sociétés humaines. La vieille drogue, le vieux crâne, le vieux vin, le vieux totem, le vieux manuscrit, la vieille arme, la vieille relique — tous ces objets qui conduisent la fondation comme un courant de force électrique — la reconduisent à chaque fois comme l'Avant de ce qui est.

Dans ces différents objets c'est l'origine qui est vénérée.

Il y a des pages qui ont été écrites à Rome sur les antiquaires qui sont enchanteresses par la diversité et la folie des manies qu'elles indiquent. Ce n'est qu'à partir des injonctions de l'industrie capitaliste et de la religion chrétienne que l'ancien passa pour le vétuste, le malcommode, le sale, le païen, le contagieux, le jetable, l'ignoble.

*

L'antiquaire déteste le révolu : il aime ce qui est avant la naissance. Lui aussi cherche à capter ce qui est avant tout printemps. Il veut prendre de vitesse la désynchronisation de ses mots par rapport à ses sens, de ses sensations par rapport à son surgissement dans l'air atmosphérique.

Il rêve autour de sa conception.

Ce qui fut inaccessible à l'existence de son propre corps l'obsède.

Je définis la beauté comme la piété à l'égard de ce qui fut invisible à la naissance. Immense diptyque : 1. le premier monde utérin, 2. le monde sexuel qui précède le monde utérin et l'anime.

Toute œuvre est Renaissance parce que même la vie précède la naissance, à partir de laquelle elle recommence.

*

Une conversion incessante entre les bipôles fait que l'héroïsme ou le goût des suicides des anciens Japonais ou des anciens Romains peuvent revenir chez les modernes (les romantiques, les terroristes, les religieux) en présentant le sens contraire.

Les sentences chrétiennes les plus puritaines se renversent soudain.

*Memento mori* se retourne en *Memento vivere*.

L'inversion domine les contes, qui ne sont que le langage poussé à l'excès tout à coup tombé sous la domination des rêves. La Renaissance fut excitée par les images excessives de la mystique chrétienne de la fin du Moyen Âge qu'elles utilisèrent tout à coup *de façon délibérée à contresens*.

*

Il n'y a de véritable antiquité en nous que la naissance. C'est par la naissance que ce qui la précède surgit en nous en se perdant.

Bien des bêtes collectionnent les objets.

Ce sont leurs nids.

Le nid est le lieu de naissance.

Le seul objet qui se cherche vraiment, dans tous les objets qu'on accumule, est perdu.

\*

Sur le désir de rentrer sous terre. De rejoindre l'abîme. De mourir. (Ou plutôt d'être inhumé.)

Il est possible que le désir de rentrer sous terre chez les vivipares soit lié de façon exclusive au regret. C'est le désir, se retrouvant tout nu, de se replier dans l'obscurité utérine. (De se cacher derrière quelque chose qui est de l'ordre de l'antériorité protectrice et noire. Les hommes les plus anciens en ayant l'audace de rentrer dans l'abîme de la terre, dans les grottes des montagnes, participaient de ce désir de rentrer sous terre et de rejoindre la pénombre propre aux anciens fœtus qu'ils étaient autant que nous.)

Corollaire. Un antiquaire ne doit pas suréclairer le lieu où il expose à la vente ses merveilles.

\*

Les antiquaires qui pullulaient dans la Rome antique prétendaient être les spécialistes de l'âge d'or. La piété post-religieuse donne naissance au culte des temps anciens. Le premier sens d'*archaiologia* renvoie au fait de choisir un sujet ancien.

Il *était* une fois.

Le héros est lié au jadis puisqu'il a charge de fonder le présent.

Les héros dans tous les récits du monde fondent les cités, les arts, les coutumes, les langues, les instruments, les recettes.

★

Les héros fournissent les antiquaires.

★

Liste d'Euctus.

Euctus, bien avant Jésus, collectionnait la vaisselle antique en terre de Sagonte.

Il montrait une tasse où avait bu Laomédon.

Une lampe à huile qu'avait utilisée Homère.

La patère noire de Didon le jour du banquet de Bitias.

# CHAPITRE XI

## *Varron*

Varron naquit en 640. Il mourut *prope nonage-narius* (presque nonagénaire) en 728 de Rome. Il avait dix ans de plus que Cicéron ou que Pompée, qui furent ses amis, et auxquels il survécut longue-ment. Sa curiosité fut infatigable. Il fut le deuxième archéologue, Stilon ayant été le premier.

On disait alors antiquaire. Mot à mot l'homme obsédé de ce qui fut avant (*ante*).

Cicéron a écrit de lui, en langue grecque, qu'il était un homme terrifiant (*deinos anèr*).

Long, âpre, maigre, rude, emporté, criant, sombre.

★

Cicéron déclara au sujet de la lecture qu'elle était la nourriture de l'exil.

Varron répliqua qu'elle était le pays.

★

42

Varron a écrit : *Legendo atque scribendo vitam procudito* (c'est en lisant et en écrivant qu'on forge sa vie comme du fer).

★

Varron a écrit que les rouleaux avaient offert à sa vie une *medicinam perpetuam* (une guérison définitive).
Il vieillit dans son cabinet, près de sa volière.

★

Sous le principat d'Auguste cet homme toujours en vie était presque un fantôme.
Pline rapporte que l'empereur Auguste se montra plein d'égards pour lui, en dépit de ses réprimandes, de la dureté de son caractère, de ses courroux imprévisibles, disant à ceux qui en marquaient de l'étonnement :
— Je m'attache le passé en m'attachant Varron.
À quatre-vingt-sept ans l'érudit publiait encore ses quatre volumes annuels.

★

Dans son testament il recommanda qu'on l'ensevelît à la façon des pythagoriciens dans un cercueil de briques avec des *feuilles de peuplier noir.*

# CHAPITRE XII

## *Nostalgia*

Le mot *nostalgia* fut créé par un médecin de Mulhouse qui s'appelait Hofer. Cette invention eut lieu en 1678. Le médecin Hofer essayait de trouver un nom pour définir une maladie qui frappait les soldats mercenaires, particulièrement ceux natifs de Suisse.

Soudain ces Suisses, piétons ou officiers, sans même chercher à déserter les troupes dans lesquelles ils s'étaient engagés, se laissaient mourir dans le regret de leurs alpages.

Ils pleurent.

Quand ils parlent, ils rapportent sans fin les souvenirs des mœurs de leur enfance.

Ils se pendent aux branches des arbres en nommant les chiens de leurs troupeaux.

Le médecin Hofer chercha dans son dictionnaire de langue grecque le mot de retour puis préleva celui de souffrance. De l'addition de *nostos* et d'*algos* il fit *nostalgia*.

En façonnant ce nom, en 1678, il baptisa la maladie des baroques.

*

Souffrance de l'irréversion qui arrache dans ce qui fut *Ce fut.*

Irréversion qui prive absolument du regard qui régna.

Qui n'entend plus autour du pavillon de l'oreille le chantonnement accentué de la langue ancienne. Qui émancipe de l'enveloppe naturelle de l'enfance intempestive, agitée, bondissante, *rudis, animalis.* Qui ignore l'obéissance sociale encore très floue qu'on exige des nourrissons.

*

La nostalgie est une structure du temps humain qui fait songer au solstice dans le ciel.

*

La première source du temps qui fut inventée dans l'émotion de l'homme face à la nature a l'apparence de l'ellipse ou du cercle. C'est le retour. C'est la réversion du printemps, le retour du soleil dans le jour et le retour du soleil dans l'année, le retour des astres nocturnes, le retour des végétaux après l'hiver, le retour des animaux

45

et des humains après qu'ils ont chassé (après qu'ils se sont chassés).

La survie, c'est le retour bouleversant du printemps.

Atteindre le printemps suivant.

La maladie du retour est première. La souffrance de l'absence de retour panique l'âme dans son désir de retrouver le vieux foyer et ses visages. C'est la maladie d'Ulysse, la maladie des chasseurs qui se sont éloignés du feu et du cercle des femmes, la maladie des héros.

*

Plus fort que tout semble l'attrait du jadis dans l'attirance que l'on peut ressentir à l'égard de la terre natale.

Euripide le Tragique ajoute de façon formelle : Qui le nie joue avec les mots et sa pensée le dément.

C'est plutôt son corps qui le dément.

Et de plus : il ne s'agit pas d'une terre.

Le Tragique renvoie à la pensée authentique, celle qui éprouvait *avant* la conquête de la boîte crânienne par la langue nationale. Il renvoie à la pensée infante. Il renvoie au *désir continu*. Dès l'instant où il est continu il est régressif.

Regret d'un lieu qui est dans un ventre, et non pas sur une terre.

*

Un deuil est éprouvé dès l'instant où au sein du natal le naissant s'évapore.

Un jour grandissant stagne.

Puis la découverte du jour se ternit.

*

Pierre Nicole a écrit : Le passé est un abisme sans fond qui engloutit toutes les choses passagères ; et l'avenir un autre abisme qui nous est impénétrable ; l'un s'écoule continuellement dans l'autre ; l'avenir se décharge dans le passé en coulant par le présent ; nous sommes placés entre ces deux abismes et nous le sentons ; car nous sentons l'écoulement de l'avenir dans le passé ; cette sensation fait le présent au-dessus de l'abisme.

Abîme dit en langue grecque le sans-fond comme aoriste dit le sans-limite.

*A-byssos* du temps.

On appelle très précisément abysses les lieux les plus profonds de l'océan *dès l'instant où la lumière solaire ne les atteint plus.*

*

Le retour hallucinatoire de l'expérience de satisfaction est la première activité psychique.

Le rêve la précède, qui hallucine les êtres dont le corps manque, au cours d'un désordre involontaire.

C'est ainsi que le *nostos* est le fond de l'âme.

La maladie du retour impossible du perdu — la *nostalgia* — est le premier vice de la pensée, à côté de l'appétence au langage.

Encore qu'il faille suggérer que l'acquisition de la langue naturelle n'est peut-être elle-même qu'une maladie du retour du perdu puisqu'il s'agit de faire revenir la voix première, la voix de la mère, telle quelle, à l'intérieur de soi, faute d'être encore à l'intérieur de la chair maternelle elle-même, tout entier offert à ses accents tout en se nourrissant sans attendre.

Un passé sans fin et inépuisable se définit ainsi chez l'homme à partir de sa mère, et de sa voix entendue jadis au loin.

Passé simple de la langue maternelle qui répond à l'abîme du déménagement natal.

\*

L'apatridité répond à l'aoriste qui répond à l'abîme.

L'apatridité chez les hommes dérive de la perte du premier monde vivipare. Des naissants prennent souffle soudain dans la nostalgie d'un lieu interne introuvable. Ils peuvent *rêver* une autochtonie qui n'a pas d'existence mais ils ne seront jamais nés *à partir de la terre* sur laquelle ils sont tombés après qu'ils ont déjà vécu à l'abri d'un ventre de peau dans l'intériorité d'une voix lointaine incompréhensible. L'idée de patrie est postérieure (90 000 ans d'humanité séparent l'humanité de l'idée d'une sédentarité qui elle aussi, plus tardivement, fut imitée des aïeux en raison de leurs tombes accumulées sous forme de *cités de l'autre monde* plantées dans l'espace).

Nous fûmes des chasseurs et des errants pendant des millénaires avant de creuser le sol comme des agriculteurs et d'y apercevoir le père enfoui pour l'y avoir inhumé.

*

En grec *noèsis* et *nostos* sont de même souche. Penser c'est regretter. Regretter c'est voir ce qui n'est pas sous les yeux. C'est la faim qui hallucine ce dont elle manque. C'est le veuf qui voit le visage de l'épouse dont il est privé. C'est le frigorifié qui attend le soleil. Penser, désirer, rêver ont pour base un venir qui ne cesse pas, un sous-venir qui persiste sous le venir au sein de tout ce qui arrive dans l'Avent. Un jadis les fonde. Corps perdu et jadis sont tout proches l'un de l'autre. Dans le premier roman qui fut écrit dans ce monde, quand le roi Gilgamesh ne sait plus quoi faire, quand il lui faut trouver un stratagème, une ruse pour se sortir d'une situation périlleuse et dont le péril se fait imminent, il dit à Enkidou qu'il va dormir afin de faire un rêve qui figurera le but à atteindre — et comment l'atteindre — dès l'instant où il le lui aura répété sous forme de langage.

*

Aucune vie psychique ne peut prendre naissance sans l'aide d'une autre vie psychique antérieure. Une avant-vie aïeule rêve pour le nouveau-venu, avant sa venue, l'existence d'une vie psychique comparable à la sienne. C'est ainsi qu'il y a un nouveau-venir du jadis qui monte du jadis.

*

Tel est le jadis : Ce que nous avons oublié ne nous oublie pas. Tout bébé qui naît a déjà émigré.

# CHAPITRE XIII

Il aimait jouer les vieillards. Il aimait aussi imiter les fantômes. Y avait-il un rôle de spectre dans une pièce, les comédiens de la troupe disaient :
— C'est pour Shakespeare.

# CHAPITRE XIV

## *L'ut*

Un moine du mont Cassin, qui s'appelait Paul, un jour où il devait chanter, sa voix s'enroua. Alors il se mit à genoux et saint Jean-Baptiste l'autorisa à inventer l'*ut*.

Ses lèvres s'ouvrirent.

Sa voix s'éleva si on peut dire s'élever quand il s'agit de souffles et de gémissements.

Tous les frères se mirent à pleurer de douleur en entendant une voix si basse qu'elle semblait monter de l'autre monde.

*

Après le service le moine Paul remercia Jean le Baptiste.

Mais ce ne fut pas à saint Jean-Baptiste qu'il fit dire neuf messes.

Ce fut à saint Zacharie qu'il s'adressa. Car saint Zacharie était le saint que les enfants, une fois mués, priaient pour leur voix perdue. Or, la voix qui avait été rendue au moine Paul était plus sombre. C'est pourquoi tous les chanteurs professionnels vénèrent saint Zacharie.

De nos jours encore ils brûlent des cierges auprès de sa statue quand ils cherchent à certifier leur voix pour le concert qui vient.

# CHAPITRE XV

Je songe à mon père. Nous vivions à Bergheim. Il était organiste. La nuit nous pêchions au miroir sur la Jagst ou l'Avre. Je ne sais plus précisément le nom de la rivière qui coulait au bas de la colline. J'invente la colline ; et la mémoire déniche la rive. Le garde préparait la barque plate sur la rive. Il plaçait une lanterne sourde (plus tard ce fut un réchaud qu'il substitua à la lanterne) à l'avant de la barque. Un miroir d'étain circulaire, fabriqué à Nuremberg, disposé au-dessus de la lanterne, réfléchissait la flamme en direction de l'abîme. Ces pêches étaient miraculeuses. Je piaffais d'impatience dans les joncs — de la même façon que je trépignais à la tribune derrière le soufflet sur lequel Herr Geschich marchait lentement, amplifiant le son en direction de Dieu et de sa Nuit.

# CHAPITRE XVI

J'appelle nuit la lumière dépensée dans l'espace qui se perd avant d'arriver jusqu'aux hommes.

Que le ciel nocturne soit obscur est obscur.

Si l'univers était éternel, au coucher du soleil, le ciel peuplé d'innombrables milliards d'étoiles brillerait présentant l'aspect d'une grande voûte qui éblouirait les yeux des vertébrés et des oiseaux.

Le ciel nocturne est obscur *faute de temps*.

La lumière depuis la formation des premières étoiles dans l'espace ne cesse de ne pas avoir le temps de parvenir jusqu'aux yeux des animaux qui les voient.

Ténèbre est cette lenteur dans l'espace. (Lenteur non pas à rayonner : lenteur à percevoir l'immensité qui rayonne.)

Lenteur est l'espace.

Il se trouve que la Bible appelle exactement ténèbre cette *perte en cours de temps*. Lumière perdue en cours de route à partir du loin où ne va plus le regard.

Nuit n'est qu'une lumière infinie. Toute lumière se propageant dans l'espace avec une vitesse finie est infiniment inaccessible.

*Limes* du passé simple.

Telle est la *nuit noire* dans le ciel.

Le ciel baigne dans une lumière inaccessible. C'est notre compagne noire. Toutes nos compagnes sont faiblement constellées.

# CHAPITRE XVII

## *Amaritudo*

Dans la volupté se perd le désir d'être heureux. Plus on s'abandonne tout entier au désir, plus le bonheur est presque là. On le guette et toute l'erreur consiste dans ce point. On s'attend à sa rencontre. On le pressent. On le voit soudain; on l'attend encore plus; il s'approche; il arrive. En arrivant il se détruit.

Cet argument permet de comprendre les décisions de la chasteté.

Le désir est lié au perdu sans limites.

De deux façons. 1. Le désir est plus proche du perdu que la joie génitale, plus récente, qui croit mettre la main dessus. 2. On perd le désir en jouissant. Cette perte très désagréable dans ses conséquences est même la définition de la volupté.

★

Le plaisir, c'est découvrir avec stupeur le désir perdu corps et biens, la détumescence, l'inexcitabilité, dégoût, langueur, acédie, gêne, sommeil.

Le désir est contraire à la notion puritaine du bonheur. Le désir durable est la gaieté mêlée d'angoisse. Le vrai désir ne guette pas son extinction dans la satisfaction ; il est l'effervescence et le désordre ; il est plus proche de l'acharnement de la faim que de la paix ; tout l'irrite et se passionne à partir de lui ; tout perd repos à partir de lui ; il enfièvre ce qu'il touche, irrigue de vie, violente ses objets, amplifie un à-venir qui ne doit surtout pas venir.

*

La force d'un attachement ne dépend plus soudain d'aucune circonstance. Une chimère soudain brouille l'âme. Le corps se tend pour on ne sait quoi qui n'arrive jamais.

*

Celui qui est heureux, l'espoir l'a quitté, sa vie est presque morte, le désir est perdu, il ne rêve même pas, il est parti dans la nuit, il dort *trop profondément pour qu'il rêve.*

# CHAPITRE XVIII

C'est agréable d'abandonner.
Abandonner c'est partir.
Il faut toujours partir.
Le plaisir c'est : Je pars.

# CHAPITRE XIX

Certains événements de la vie foncent sur nous comme l'orage. On court à perdre haleine dans la plaine ou sur la bruyère. On est loin de tout. Il n'y a pas un bosquet à l'horizon. Il n'y a pas un fossé le long des champs. Il n'y a pas une roche en surplomb, pas une carcasse de voiture abandonnée qui puissent servir de toit. Les nuages vont au-dessus à toute allure. Ils sont noirs. Ils sont d'un noir aussi intense que des boulets d'anthracite. Les nuages brillent, touchent les arbres; la grêle soudain commence à crépiter. Ces petites pierres qui tombent du ciel se mettent à bondir. On court. On est lapidé par le ciel. On court sans raison. On cache sa tête avec son bras, avec sa main. La pluie transperce en un instant les vêtements. On sait qu'il n'y a rien à faire. On sait qu'on ne serait pas moins mouillé si on s'évertuait moins. On sait qu'il n'y a qu'à rester debout, immobile, ou à genoux, tendant le dos, à se laisser tremper. Mais on ne peut pas. On court en tous sens comme si on pouvait échapper aux grêlons, passer au travers des gouttes, attirer l'attention de Dieu, de l'Éternel, afin que, par exception, il exempte de la souffrance. J'arrivais à l'aéroport de Séoul en 1987 quand une femme longue et européenne m'accueillit. Elle avait de longs cheveux blonds. Elle était italienne. L'éclat de ses yeux était plein de fièvre. Elle excusa son mari qui avait dû se rendre à Pusan et qui serait là le lendemain. Nous montâmes dans un quatre-quatre bleu. Nous dînâmes au huitième étage d'un building, assis par terre, dans un restaurant traditionnel. Nous nous étions déchaussés dans l'entrée. Son pied était humide. Nous buvions de l'alcool de riz. Je regardais ses doigts de pied resserrés et difficilement distincts les uns des autres dans la transparence du bas. La lumière se répercutait sur l'étoffe qui recouvrait les os de son genou comme sur un miroir. J'avançai ma main, la posai. Elle continua à parler. Je glissai mes doigts sous l'ourlet de sa jupe. Elle continua à parler. Ma main se mit à trembler. Soudain, dans un geste rapide, elle posa sa paume sur mon sexe, un instant, et sa main s'évanouit. Nous continuâmes de parler mais nos mains et nos regards poursuivaient une vie qui n'écoutait plus le langage. Nous allâmes je ne sais où. Son odeur était merveilleuse. Son corps était long. Ses seins étaient lourds. Ses yeux étaient noirs. Nous nous aimâmes. Je m'endormis.

Quand elle me réveilla, elle était tout autre. Elle était assise au bord du lit, habillée d'un tailleur. Elle s'était maquillée. Elle me secouait rudement. C'était encore la nuit.

— Adieu !, me dit-elle.

Je la regardai. Je souffris. De nouveau j'étais pris dans l'orage. Voici ma vie. Elle savait comme nulle autre disparaître. Je tendis au chauffeur du taxi l'adresse de l'hôtel où mon éditeur avait réservé une chambre à mon nom. Je travaillai. Je restai un mois près de Séoul, sur la mer Jaune. J'écrivis des traités, des espèces d'histoires. Je la revis à Lahti, lors de la réunion qui avait lieu en Finlande tous les ans. Elle accompagnait une jeune femme qui était rousse.

# CHAPITRE XX

Baudemagu, le roi des enfers, dit des cheva-liers errants : Ils sont tous perdus dans cette quête comme s'ils étaient *engloutis en abîme*.

Il se trouve que, dans notre ancienne langue, comme le temps voulait dire l'humain, le siècle voulait dire le monde. Perceval, se trouvant entouré d'une ténèbre de plus en plus épaisse, s'assied lentement sur la pierre sacrée. Voici le texte lui-même : Alors, comme il fut assis, la pierre se fendit sous lui et cria si angoisseuse-ment qu'il sembla à tous ceux qui étaient là que *le siècle fondait en abîme*.

Pour nous c'est la terre qui s'effondre mais c'est le texte du roman qui a raison : Même dans la terre qui s'effondre c'est le temps qui s'écroule comme une paroi de falaise dans l'infi-nité informe.

# CHAPITRE XXI

## *Sur le temps mort*

On appelle temps réfractaire la période durant laquelle les animaux sexués et mâles, après avoir émis leur semence, cessent d'être sexuellement réactifs à toute approche et à toute excitation.

Le temps réfractaire sexuel fonde le temps mort social.

*

Liste des temps morts.

Le temps fantomatique au lendemain des guerres.

À la fin du jour l'instant de silence qui gagne la nature. Les oiseaux, avec l'ombre, quittent le sonore.

Le temps qui suit les étreintes des mammifères.

La halte après l'essoufflement et l'accélération cardiaque continus ou forcés.

L'invention de la position assise, l'invention si

étrange de la chaire pour les hommes, la lecture
des livres.

★

La Renaissance italienne puis française,
comme elle s'employa à faire revenir le passé
païen en opposition à l'eschatologie du Moyen
Âge chrétien, arracha le temps au pouvoir de
Dieu.

Les pôles magnétiques s'inversèrent, l'inversion étant le procédé mythique par excellence. C'est la *réflexion*. Le siècle devint paradis.
L'amour progrès. L'éternité temps mort.

Pôle nord et pôle sud ne furent vraiment inter-
vertis que chez les Idéologues, chez les Encyclopédistes, chez les Révolutionnaires parisiens puis
chez les industriels du Premier Empire.

Mais c'est au cours de la Renaissance que les
pôles magnétiques du temps avaient brusquement basculé.

★

Deux folies concernent le temps : nostalgie
(mélancolie, deuil), eschatologie (progrès, jugement dernier). L'Avant et l'Après ne sont que
des images caricaturales d'Arrive et Passe.

★

Piété à idoles, à dieux, à langues, nationalisme sont des antirenaissances.

Toute religion révélée veut la destruction de tous les dieux passés qu'elle déclasse brusquement. Quand les dieux prophétiques vacillèrent et que leurs promesses cessèrent d'être crues les nations devinrent les religions en position à-venir.

Les nations définirent les religions devenues malades du progrès.

Comme il faisait renoncer les désirs d'une autre vie au sein de la cité céleste au profit de l'idéal fraternel, inhumant, national, obligatoire, conscriptible, le patriotisme remplaça le gallicanisme. La sanctification de la terre des pères se substitua à la foi des Chrétiens dans le paradis éternel.

En d'autres termes il suffit de définir les religions comme les nations du passé.

La position à-venir définissant le progrès, sa progression est une conquête finie sur le fini immédiat. Le progrès s'acharne à mettre à mort le passé, à en repousser le visage ou à en dévorer le visage. L'infini déserte la tête humaine lors de la *progressio*, qui est un pas à pas au-dessus de l'actuel dans la destruction du fini.

La mort industrialisée mondiale qu'inventèrent les guerres du siècle dernier devint la figure terrestre du progrès.

Le pas à pas de la ruine.

L'Avent comme odeur de l'homme brûlé.

★

Au cours du XX<sup>e</sup> siècle la science imposa la conscience de la fin de ce monde. Tous les biens de l'humanité, tous les moments de la culture mondiale, tous les livres, tous les souvenirs de l'espèce humaine seront engloutis.

La terre brûlera.

Le soleil se consumera.

C'est la première fois dans l'évolution de l'espèce que sa destruction est certaine et que cet engloutissement de tout monument humain, cet effacement de toute œuvre humaine, cet anéantissement de toute valeur humaine font référence.

C'est la première fois que l'humanité a la certitude que le temps succédera à l'histoire.

Cet engloutissement corps et biens rend vaines toutes les pratiques funéraires pourtant originaires, pourtant définitoires de notre espèce : inhumation, dessication, manducation, cénotaphes, etc.

À la fois l'allongement des temps historiques, des temps préhistoriques, des temps terrestres, des durées vitales, et la labilité, l'éparsité, l'éphémérité, la fortuité de l'expérience humaine.

Que l'humanité ne peut plus rien confier d'elle-même à rien.

Ni à la terre (qui disparaîtra).

Ni au système solaire (qui bouillira).

*

Pour la première fois du temps la pensée de l'avenir médite l'être de la terre comme néant à venir.

*

La guerre qui commença le dimanche 3 septembre 1939 à 11 heures et qui s'arrêta le 2 septembre 1945 à l'aube rompit le temps. Ceux qui créent de nos jours font l'épreuve d'une coupure irrémédiable à l'égard de l'histoire occidentale : cette histoire est perdue.

L'humanité est perdue.

La patrie est perdue.

La religion est perdue.

La tradition est perdue.

Or, c'est ce perdu à l'état pur qui fait leur chance. Car ce perdu est le même perdu que le Perdu qui fait le fond obscur des arts.

En amont de la plainte lointaine qui y erre.

À la source de la lumière incroyablement renaissante qui s'y cherche et qui s'y obtient, un peu, peu de temps, vacillante.

Le temps humain a été rendu à son asémie archaïque ; à sa liberté ; à sa profusion ; à sa sauvagerie.

★

Le temps incroyablement déritualisé, dépolarisé des modernes.

Wang Fou-tche a écrit : Tous les êtres du monde se prêtent un mutuel appui sauf les hommes.

Le tonnerre prête appui à l'éclair comme l'oreille prête appui à l'œil. La nuit prête appui au jour pour que les saisons reviennent. La femelle prête appui au mâle pour que la semence jaillisse. La sexualité prête appui à la nutrition pour que la vie augmente de volume et envahisse l'espace. La mort prête appui à la vie pour ne pas embarrasser la terre de tous les fruits, de tous les animaux, de tous les êtres qui furent conçus depuis l'origine.

Wang Fou-tche : Mais pas l'épouse à l'époux. Mais pas le fils au père. Mais pas le disciple à son maître. Pas l'esclave à son propriétaire.

★

Le *Wanderlust.* Le désir du voyage est ailleurs. Fuir l'*idem,* chercher du *alter,* retrouver le perdu, peu importe les mots, peu importe l'orientation des verbes.

*

*Explosio est pulsio.*

Un volcan entre en éruption sous la pression du noyau terrestre (j'appelle noyau terrestre le jadis qui bout). La chambre magnétique qui formait réservoir, après qu'elle a gonflé, soudain les parois cèdent. La dépressurisation brutale fait jaillir un mixte de gaz et de liquide à son sommet. Aussitôt jailli, la place libérée dans la chambre magnétique appelle une nouvelle arrivée de magma qui se mêle à ce mixte et y multiplie les éléments volatils de carbone, d'eau, de soufre.

*

On lit des histoires imaginaires de la même façon qu'on écoute attentivement ceux qui, revenus des îles éloignées où ils étaient demeurés longtemps, le visage terni, le corps détérioré, la voix un peu perdue à force d'inaccoutumance, un peu éloignée à force de langue invraisemblable et de silence obligé, nous racontent les mœurs et les cruautés en usage dans ces pays où nous n'irons jamais.

Pays dont le seul nom est plus incompréhensible à nos langues que celui de la mort.

C'est moins l'histoire que le réel, que la dis-

tance non finie entre les lieux et les temps, que
« l'océan » qui nous en sépare, que « l'espace »
sans bornes qui nous en dérobe l'aspect, que
« l'abîme » qui nous rejette à jamais sur la rive,
que nous aimons alors. C'est cette « distance
sans espérance d'être comblée » que nous recher-
chons de sentir en lisant. Distance sans espérance d'être comblée entre ce que nous avons
connu et ce que nous n'aurions pu éprouver. Les
volumes développent des organes et des âges
dans nos vies plus riches que la liberté de nos
songes. C'est ainsi que les lectures nous mènent
au fond du monde plus loin que les voyages.

# CHAPITRE XXII

## *Le mont des Passages*

Debout sur le mont des Passages Moïse contemple la terre où l'Éternel ne lui a pas accordé d'entrer.

C'est la cime des Abarîm, le mont Nebo, dans le pays de Moab.

C'est là où l'Imprononçable a dit à Moïse de s'extasier, puis de mourir, contemplant Canaan.

Moïse voué au *limes* entre pays et désert.

Au seuil entre rêve et réel.

À la frontière entre Dieu et vision.

L'Indicible dit à celui qui marchait : *Ascende in montem istud Abarim,*

*in montem Nebo...*

Contemple le pays de Canaan puis meurs sur la montagne.

Ta part est l'infini.

Errance ton gîte.

Vertige ton regard.

# CHAPITRE XXIII

La musique est le miroir du perdu. Le langage est le Perdre en activité. L'extase est l'épreuve inconsciente de la perte elle-même. L'extase touche à sa racine ce qui est arraché. Il n'y a que des extases d'êtres affectés de langage car perdre connaissance c'est perdre le langage.

*

Busoni disait : Il ne faut pas interpréter. Il s'agit de réimproviser. N'apparaît que l'apparaître. Les mains s'avancent sur le clavier, peu importe les mains. Il s'agit de naître. L'origine est notre art. Peu importe la beauté. Derrière la beauté, c'est la source qu'il faut atteindre.

Busoni a écrit : Celui qu'on nomme l'interprète doit rétablir ce que l'inspiration de celui qu'on nomme le compositeur a, en notant, nécessairement perdu.

*

On ne sait pas ce qui s'est passé si on n'en a
pas le récit. Mais les récits ne correspondent
jamais à rien. Ils renvoient à une autre action, qui
est celle du langage en activité, qui ne concorde
pas avec l'expérience. La situation qui a présidé
à l'ensemble des actions et des conséquences
qu'elles entraînent reste trouble, sans point de
vue, inchoative, abyssale, mystérieuse. Il faut se
faire à cette situation vertigineuse puis l'aimer.
On n'est jamais apaisé. Une description dite
objective n'assouvit que les croyants forcenés au
langage. Une exposition dubitative et fragmen-
taire peu à peu se fait sereine. La vérité ne se fait
pas.

## CHAPITRE XXIV

Elle frottait ses yeux avec le dos de ses poings. Les yeux mi-marron mi-noir, impénétrables.

Jamais rien de lumineux ne remontait à la surface de cette eau. Ni même ne la plissait. Ce regard était pour moi, comme il l'est resté, la profondeur elle-même. C'est exactement ce que les anciens Grecs appelaient l'abîme.

Les animaux aussi ont des yeux aussi directs, sans arrière-pensée, sans aucun arrière-fond, infinis, aussi graves, aussi peu trompeurs, attentifs, angoissés, dévorants que les siens l'étaient. Elle fléchissait ses genoux avant de s'asseoir.

# CHAPITRE XXV

## *Corbeaux*

Tous les corbeaux du monde sont également noirs et viennent de la nuit qui gît derrière les astres.

Les hommes d'or, disait Hésiode, ne connaissaient pas la vieillesse. Ils mouraient simplement domptés par le sommeil tant ils étaient fascinés par la nuit qu'ils regardaient sans finir.

Le démon de l'obscurité rôde les dernières nuits de l'année. C'est la Vieille. Elle menace d'avaler tout, les êtres, le monde, le temps, les morts, les montagnes, le soleil, les rêves. Le pipal est la trace de Buddha dans ce monde. C'est l'arbre à l'ombre duquel l'homme le plus sage a connu l'extase (la *révélation excessive*), près de Gaya, sur la rive de la Neranjara.

L'arbre du pipal est moins que son ombre.

D'autres saints disent du Plus Saint : sa Trace est toute ombre.

*

Le mystère de la pluie invisible qu'on appelle Poussière sur l'ébène du piano, sur les boîtes noires des violons, des altos, des violoncelles dans la petite maison que j'avais affectée à la musique avant qu'on volât tout sur la rive de l'Yonne.

L'explosivité dispersive et instable du temps.

Pourquoi les instruments de musique sont-ils si sombres ?

★

La nuit tiède et humide comme l'ombre à l'intérieur d'une bouche qui se tait.

# CHAPITRE XXVI

## *Pulsion d'Ovide*

*Ad veteres scopulos iterum divertor.*
Je me laisse entraîner vers les vieux écueils.
Les écueils vétérans.
Je me dirige vers les eaux où ma barque a déjà naufragé.
Ce sont les derniers mots écrits par Ovide à Tomes.
Ovide âgé de cinquante-neuf ans, malade, avant de mourir.
Alors Ovide se *divertit* avec les *pierres aïeules*.
Ce sont les derniers mots qu'il adressa à Tuticanus.

*

La compulsion de répétition est la force du jadis. La force qui rompt tous les obstacles, soulève la terre ou l'écorce ou la peau maternelle, qui renverse les digues, franchit les frontières.

★

Chaque jour est le Jugement dernier erratique.

Chaque époque laisse ruisseler le jadis, le non-humain, la tradition en passe d'être oubliée par les héritiers, inconsistante aux yeux du pouvoir en place, omise dans l'inertie ressassante, inconsciente dans l'humanité fascinée.

L'ennemi ne cessera jamais de triompher. La mort de s'accroître. Ce qui doit être transmis est le Perdu.

★

Manet dessina pour son papier à lettres une banderole à en-tête bleu foncé dans le corps de laquelle était inscrit en lettres capitales : TOUT ARRIVE.

Devise qui présentait la forme d'une vague bleue qui se dresse sur le papier et qui surplombe l'écrit.

C'est la *pulsio* en personne.

Tout arrive et tout arrive comme tout.

Arrive comme « tout » (comme monde) et passe comme « mort ».

★

Nos pieds, nos mains sont d'anciennes nageoires. Nos yeux des mains à lumière. Le sang est un tissu liquide. Le myocarde, tissu du cœur, possède sa propre pulsation rythmique, sa contraction spontanée. Sa propre excitation temporelle.

★

Les deux sources du temps sont connexes. Elles ne deviennent opposables qu'à la suite du langage, en raison de la constitution binaire des langues naturelles, divisant tout au monde par deux, opposant toutes choses et tous locuteurs par paires polaires, passionnées, ennemies, dialoguantes, dialectiques.

★

Les mythes norois opposent deux régions antagonistes dans le vide : brume et soleil, *niflheim* et *muspell*, mort et chaleur (*yang* et *yin*).

★

Les combats d'animaux fascinèrent les hommes les plus anciens de la préhistoire. Il est possible, en amont des hommes, qu'ils fascinèrent les sociétés animales elles-mêmes. La rencontre d'élans opposés, l'imbrication des bois ou des cornes, cet appariement des forces, cette aimantation des puissances et des oppositions, cette étrange binarisation d'avant le langage,

80

cette lutte d'avant la pariade *représenta* la sélection des mâles qui dominaient ces groupements.

Combat, sélection, duel qui les dominent toujours.

Le brame des cerfs de novembre.

Sur la corrida préhumaine.

Le corps-à-corps des forces antagonistes. (À vrai dire antagonistes *et* identiques : le mimétisme à mort.)

*

Le corps-à-corps social.

La compétition homosexuelle.

La beauté des serre-livres.

L'étau, le heurt.

L'étreinte sexuelle pour ainsi dire dérivée de la symétrie, de la division cellulaire en miroir.

L'arc-boutant s'auto-affrontant. La *fascinatio* animale : une seule morphogenèse s'oublie en elle-même, se reformule brusquement, s'adore à en mourir.

*

Lorsque la langue se séduit elle-même, elle se vide de son sens pour fasciner. Elle devient la séduction primitive, c'est-à-dire le rituel de l'adresse à l'autre (et non plus la sollicitation de la vérité ou la communication d'une signification). Le langage devient alors l'abîme de son attrait.

Le langage surgit alors comme sa propre attraction vertigineuse.

*

Comme ellipse céleste et épanchement forment le même événement, revenir et venir.

Repasser précède le passer.

La saisonnalité précéda la mortalité.

*

Le maintenant est le fantasme social par excellence mais le maintenant ne maintient rien. C'est une coprésence du jadis (le perdu sans âge) et du menaçant instable extrême.

Un conflit binaire déclenche le temps sans cesse. C'est un puzzle sans images et sans fin mais dont les morceaux sont vivants.

Jeu sans vieillesse. Tous les morceaux sont mobiles. Tous agissants. Tous inusables.

*

Le temps pour le chaton qui joue sur la pelouse devant l'Yonne est sans durée. Le chaton semble *presque complètement oublieux*.

Le temps pour l'enfant qui ne parle pas et qui

joue a la *durée de l'éclair*. Il a encore le statut ani-mal de la faim affamée. C'est la tension, l'élan, l'*orexis*, le saut, le bond, l'empressement. C'est l'aujourd'hui intense, imminent, trépignant. Il possède à l'extrême limite la forme de la transe, du voyage d'identification, du jeu de rôle.

*

Dans la transe des premiers hommes se posa le problème de la perte de conscience. Commença le vacillement dans la sensation d'être. Car le problème qui se pose à la transe est celui du retour.

Le *puer* (de sept à quatorze ans), à l'opposé de l'*infans* (de la naissance à sept ans), c'est le retour en personne. C'est la récitation par cœur. On enseigne aux enfants le langage et, avec le langage, le retour : le retour du square, le retour de la digue, le retour de la plage, le retour des vacances, le retour à la maison, le retour de l'année, le retour des souvenirs (la mémoire), le retour du langage sur son acquisition (la conscience).

Comme la langue naturelle est acquise, le retour inexplicable est acquis.

*Paidagôgos* en grec ancien nomme celui qui conduit à l'école et qui ramène à la maison. Le Maître de l'aller-et-retour.

Le langage peu à peu imprègne le corps. Le

retour peu à peu fascine l'âme. La mémoire prend le pas sur le désir, et la curiosité bondissante, infante, s'efface sans trace — comme le non-langage s'évapore dans le langage. On croit qu'on ne peut manquer que de ce qu'on a connu. On rêve qu'on ne peut désirer que ce dont on a joui. Dans la faim comme dans le savoir on erre dans les jours d'autrefois.

*

La terre, le monde, le corps, le cerveau — c'est-à-dire le jadis, le passé, l'actuel, l'irréel — n'interrompent jamais un unique échange passionné entre temps excité et temps réfractaire, entre manducation et satiété, entre volupté et dégoût, entre récompense et punition, entre désir et frustration, entre marée montante et marée descendante, entre printemps et automne.

*

Au fond du temps une alternance de force et de faiblesse, d'inachèvement et d'achèvement. De proximité intense, accélérative et de lointain dépressif, ralentissant, moribond, largo à la limite de l'immobilité.

*

Ou songe ou nuit, tel est *l'espace* du corps, réel jamais réel dans le réel jusqu'à l'instant de la mort.

Son jeu extrême.

Le jeu par lequel un objet tombe puis est repêché. Le jeu fait alterner de façon active absent présent ; caché vu ; perdu retrouvé ; cette polarisation entre invisible et visible structure le temps binaire. Le premier rythme est celui de la disparition suivie d'apparition. La nativité après la vie sombre, l'après coup suivi du premier monde, tel est le battement originaire.

Le temps fort est la perte. Le temps faible le resurgissement. La réapparition n'est qu'un répété. La *pulsio* n'est qu'une deuxième fois.

Seul le temps fort, la perte, la naissance font connaître la première fois.

Le langage est rétrodiction.

La première fois est sans expérience. Elle est sans langage.

*On* et *off*.

L'alternance est le fond du temps.

Départs et retours, avers et revers, adrets et ubacs.

Ou mort ou vie.

Ernst Halberstadt est le nom du petit garçon de Sophie Freud qui jouait avec une bobine de fil au pied de sa mère tandis qu'elle était à mourir.

# CHAPITRE XXVII

## Traité du ciel

Il se trouva que l'abbé de Marolles acheva son *Lucrèce* le dernier jour d'octobre 1650.

Il a écrit ce jour-là en préface à sa traduction : Mais personne au jour d'huy ne daigne élever ses yeux vers le ciel que l'on se lasse de regarder par la facilité que l'on a de le voir.

Il n'y a pas de ciel *où le temps est perdu*.

Pour *lire le temps* il est nécessaire de regarder le ciel.

Le temps est le ciel.

Quand nous levons la tête vers la voûte céleste après que le soleil s'est effacé à la limite de la terre nous contemplons le *sombre visage du passé*.

# CHAPITRE XXVIII

## *Les rayonnements originaires*

Il est des rayonnements originaires. Certains noyaux datent de – 15 milliards d'années. Leur âge est celui de l'univers.

Le potassium 40, le thorium 232, l'uranium 238 lancent leur lueur invisible depuis l'origine temporelle.

Dans l'atmosphère le carbone 14 et le tritium ne cessent d'irradier imperceptiblement et de déposer leur trace énigmatique dans la matière.

\*

Walter Pater a écrit au sujet des petites œuvres qui avaient été laissées par le peintre Watteau : Une lumière que nous chercherions en vain sur n'importe quoi de réel les éclaire.

Trois siècles plus tôt les peintres picards, flamands, hollandais chérissaient leurs couleurs. Ils en parlaient avec considération et non sans ferveur. Ils avaient l'impression de reprendre au créateur toutes les teintes qu'il avait répandues jadis dans le monde lors de la création qu'il en avait faite en quelques jours.

Van Eyck disait qu'il peignait avec le soleil.

★

L'univers ne s'achève plus dans la huitième sphère. Des étoiles devenues sans nombre cheminent dans le silence de la nuit en ne scintillant pas toujours.

La terre est âgée d'un peu plus de quatre milliards d'années.

La lune a le même âge mais s'est éloignée de la terre.

Le soleil est plus vieux.

Nous gravitons sur une orbite à peu près stable autour d'une étoile à peu près stable, chaude, lumineuse, périssable.

Le système solaire est né. Il mourra.

★

Il n'y a pas de temps ni d'espaces indépendants des corps qui y prennent place ou qui s'y mesurent. Le diamètre de notre galaxie est de l'ordre de cent mille années de lumière.

Augustin a écrit : Le temps est l'être qui habite une lumière inaccessible (*lucem habitat inaccessibilem*).

Un jour les océans bouilliront.

★

L'arrêt des échanges radioactifs permet de dater la mort des individus biologiques.

La période radioactive du carbone 14 étant de 5 730 ans on l'utilise pour mesurer les traces humaines.

La période radioactive du potassium 40 étant de 1,3 milliard d'années on s'en sert pour mesurer les activités volcaniques.

La période radioactive du thorium 232 étant de 14 milliards d'années on fait appel à lui pour mesurer l'âge de la terre.

La période où l'intelligibilité des langues naturelles reste active dans la lecture des livres est infinie.

J'affirme que c'est elle qui mesure le perdu.

★

Du haut du ciel, il y a – 160 millions d'années, les rapaces donnèrent visage à l'instinct de fondre et de ravir. Antérieure à la prédation elle-même, du fond du ciel, la nature accélère son rythme dans l'allégresse qui cherche à inventer l'agression, la rapidité, la rapacité, avant l'apoptose de la mort.

Le milieu cherche à s'étendre dans les corps

qu'il s'invente, morphologie des organes, volume spatial, dimension temporelle.

Il évolue dans l'ignoré et l'ignoré est lui-même.

Il absorbe ou plutôt il ritualise ce qu'il découvre de lui-même dès l'instant où il s'y plaît. Ce qui le déborde est peut-être sa fin. La locomotion fut le deuxième visage du temps, visage plus minuscule mais plus extraordinaire que l'explosion elle-même qui est son jadis comme il est le jadis de l'espace et des corps qu'il contient. Les homochromes s'attirent comme les homochrones se répondent et ne cessent de renvoyer les réponses qui conviennent et par lesquelles ils s'emboîtent comme les chants des accordailles qui verrouillèrent jadis certains petits pinsons dans la monogamie.

Les homochrones sont dans l'ordre du temps comme les reflets.

Les synchrones sont comme les ombres que portent les volumes frappés de lumière, et comme les répercussions qu'on voit dans les miroirs.

Il y a des caméléons temporels qui se fondent dans les saisons puis dans les époques comme les oiseaux dans les courants de l'air.

Il y a des animaux d'affût cryptiques dans le temps (les anges, les nocturnes, les papillons d'avant les hommes, les rapaces des montagnes, les lecteurs de littérature).

Il y a du jadis.

À partir de cette imprégnation des formes dans l'espace, à partir de cette appartenance naturelle, les êtres reconnaissent ce qu'ils ne savent pas.

Ce qu'ils ont égaré les sidère.

Un homme qui pénètre dans une caverne paléolithique, alors que c'est la première fois, la reconnaît. Il revient.

# CHAPITRE XXIX

Kant a écrit : Les sens ne produisent pas le temps mais le supposent (*supponitur a sensibus tempus*). Ni la succession ne l'engendre alors qu'elle se réfère à lui.

Dans les sens le temps est extatique.

Ce que sentent les sens est éclatement de l'Il y a.

La naissance peut servir d'image au temps pour peu que le jadis soit posé (il est posé dans l'*Urszene* invisible à toute la possibilité de la perception pour celui dont les yeux en seront le fruit).

*Pais paizôn pesseuôn.* (Enfant enfantant jouant-poussant.)

Expulsivité où l'arriver est toujours plus jaillissant que ce qui s'y perd ou passe.

L'enfant *infans* est un rayonnement originaire.

Ulysse est nu et couvert d'eau sur le rivage des Phéaciens. Son nom le devance. Son récit le précède. Nausicaa joue comme Chronos joue. Elle

pousse une balle de chiffon. Le royaume d'un
enfant.

*

Dans l'étrange et si profond journal intime
que tenait en grec l'empereur Marc Aurèle,
l'unité du monde, la terre, le ciel, l'âme mémo-
rielle, l'esprit linguistique qui les contemple
réfèrent à l'homogénéité de la source. La glaire
*de natura* est l'unité séminale romaine. Une seule
goutte de jadis inonde l'univers.

Il y a cette même certitude dans les extraordi-
naires *Métamorphoses* qu'Ovide multiplia avec
une violence à la limite de la puissance naturelle :
pas de règnes, pas de races, pas de genres, pas
d'étanchéité où que ce soit et de quelque ordre
qu'elle soit. Seule la semence sexuelle du monde
est une.

Toute vie est à la fin des temps.

Toute naissance est depuis la fondation du
monde.

D'un côté *in consummatione saeculorum*, de
l'autre *ab origine mundi*.

*

Tous cherchent l'origine ; le déprimé dans son
repli ; la cité dans son sacrifice ; l'enfant qui s'en-
dort dans le pouce qu'il happe entre ses lèvres ;

93

l'astrophysicien traque l'origine de l'univers et réinvente sans cesse sa mise en scène ; le biologiste poursuit les débuts de la vie, les cultive dans des parois de verre ; les paléontologues parcourent la terre recherchant des petits os avec des petits sacs.

– 15 milliards d'années l'univers.
– 4,5 milliards la vie.
– 100 000 années l'homme.

★

Dans ma vie les coups de foudre d'antipathie arrivaient à une vitesse interstellaire.

J'étais chaque fois médusé de haïr à ce point des êtres que je découvrais.

★

Au-delà de la force qui se répète au fond du temps, d'où vient l'assaut de désynchronisation ?

On ne peut même pas parler d'extension de la complexité tant cette dernière est inconstante.

L'année terrestre est de 365 jours et sa période de rotation est de 24 heures.

L'année mercurienne est de 88 jours terrestres et sa période de rotation de 58 jours terrestres.

L'année vénusienne est de 224 jours terrestres et sa période de 243 jours terrestres — en sorte que sur Vénus le jour est plus long que l'année.

La nature fonce tout à coup, par à-coups, étrange masse ou balle mémoire-forme-information-reconnaissance.

*Eurêka* du Jadis moteur qui s'étend — après coup — dans l'espace qu'il invente.

Quand l'assaut se fascine lui-même, la vie invente la mort.

Là où le passé dévore, là est la fascination. La forme dérivée retourne soudain à la gueule initiale, à la face protomorphe où elle s'avale elle-même. La mort est le retour arrière. C'est le mot français de « regard ». Rétrocession qui fonce elle-même, repassant à toute allure tous les stades temporels, se décomposant jusqu'à ses plus petits éléments, redevenant vie désorganisée, puis matière.

*

Sénèque le Fils dit que c'est la nature qui donna aux fauves, hommes inclus, une vision panoramique où elle se contempla dans la rotation quasi céleste, envieuse, convergente, de leurs regards affamés.

*

Il n'est pas sûr que l'homme soit l'animal qui contemple le mieux le lieu où il est situé quand il l'observe.

Certains vols tournoyant dans le ciel y excellent. Leur danse est plus belle que toute marche et que toute errance.

★

Manilius a écrit à Rome dans les années 20 : Il est sacrilège de subordonner le ciel au langage.

★

Certains animaux connaissent des extases peut-être plus puissantes ontologiquement à partir de leur silence et au sein de leur appartenance au milieu, que nous-mêmes à partir du langage et dans notre désappartenance progressive encore qu'intermittente à la nature.

Certains cerfs d'automne pris dans leur brume sont plus au courant de l'intrigue originelle que les dieux.

Le ciel absorbe tout à coup dans sa substance bleue l'alouette Alauda.

Certains moineaux, l'imperceptibilité les dévore comme le vautour absorbe le lièvre ;

l'eau le poisson ;

Rome César ;

le contenu du livre le lecteur ;

la mère l'enfant.

## CHAPITRE XXX

### *L'escargot*

L'escargot apparut il y a 650 millions d'années avec les coraux au fond des mers. Sa coquille a la forme d'une vis.

Il marche par crispations, errant lentement sur sa bave brillante.

Il marche comme l'océan sous la lune : par étirement.

★

Bave qui n'est pas une trace mais l'amorce du chemin qu'elle permet à son pied.

L'escargot n'aime que l'aube — ou le soleil qui revient dans la pluie finissante.

★

La lune agite les mers. La lune brasse le fond des eaux sous forme de courants. La lune soulève leur surface en bourrelets qui viennent déferler sur les côtes, qui viennent crever sur les pierres dressées, qui viennent s'élancer à contre-courant des fleuves qui s'y jettent.

Dans l'hémisphère qui est tourné vers la lune les masses océaniques s'étirent vers l'astre comme si les deux planètes formaient entre elles un axe.

Les mers succombent à un reste de Jadis qui exerce son ascendant encore.

Jadis la lune était trois fois plus proche de la terre qu'elle ne l'est aujourd'hui. La lune s'est détachée de la mer comme la mère sèvre son enfant et referme peu à peu, lentement, sur son sommeil, la porte de la chambre où il dort.

Jadis la lune, s'ajoutant au soleil plus de quatre cents fois plus proche, concourait à élever la chaleur de l'eau nocturne.

# CHAPITRE XXXI

Il mourut en − 527 à Pava dans le Bihar. Yogindu disait qu'il était le dernier des Passeurs-de-gué qui eussent renoncé à la vie commune avec les autres hommes « depuis le temps des cavernes, des sources et des grottes ».

Yogindu signifie précisément : la dernière lune. Mot à mot : le dernier des Passeurs-de-l'autre-côté (la lune définissant le Passeur de l'autre côté).

*

Yogindu disait : Savoir s'oppose à connaître. Il faut réexpulser la voix linguistique qui s'est incrustée au fond du corps dans l'obéissance des premiers jours. Le feu de la concentration mentale consume le répété. Il n'y a pas de voie autre que négative. Ni... ni... est le chant propre aux langues naturelles dès l'instant où elles sont renoncées. La méditation autant qu'elle parvient à se nettoyer du langage redevient un relier-lemonde. Alors le soleil ne s'oppose plus à l'ombre qu'il projette mais rejoint une pénombre antérieure à sa naissance. Le soi rejoint le retour. La source préruisselante diffuse une « lumière sourde » au fond de chaque être. Cette lumière sourde peut être aperçue au fond des yeux des enfants, à la surface des yeux des femmes qui jouissent et aussi, très loin, au tréfonds des yeux des vieillards quand ils ont perdu toute mémoire. C'est une luminescence dérivée. C'est la « lumière venue d'ailleurs » — et tel est le sens du mot Yogindu. Parménide dit aussi « lumière d'ailleurs » pour désigner la lune. Mais dans le mot Yogindu lumière lunaire ne veut pas dire qu'elle est celle de la lune.

Yogindu dit : Lumière qui n'est même pas.

Luminosité sourde qui ne naît pas par répercussion ni par réfraction ni par distillation.

Lumière d'aucun étant, qui ne se rencontre dans rien de ce qui est.

Lumière du pré-être.

Lumière qui illumine l'au-delà du soleil.

Lumière de la lucidité.

Le plus vieux soi est joie des Retrouvailles. Cette joie jette une lueur que toute joie retrouve.

Yogindu a écrit : La joie a son séjour dans la pensée de façon brusque *comme l'oiseau migrateur voyant le lac tout à coup.*

Yogindu a écrit : La joie de celui qui contemple ce qui le précéda est exactement semblable à la *joie de la nuit* dans le ciel pur.

# CHAPITRE XXXII

## *Piano*

Ce qui s'est passé, disent les chamans de Sibérie, doit être maintenu dans un état de demi-rêve. Si nous désirons saisir l'attention des chasseurs qui écoutent, si nous souhaitons que ce que nous voulons dire s'inscrive dans leur mémoire, il faut parler tout bas.

En langue inuit un des nombreux mots qui signifient chaman se dit « marmonnement à voix basse ». Ce marmottage est à mi-distance de l'oral et de l'écrit. Il ressemble à une régurgitation de langue parlée qui déjà se détache du dialogue, s'éloigne de l'ordre, amenuise l'appel. Voix semblable à la petite gorgée de lait qui revient comme une minuscule nuée blanche sur les lèvres des bébés après qu'ils ont tété leur mère.

Le radotage des vieux qui décélèrent leur enfance n'est nullement méprisable, sur fond de ce *murmur*.

Des milliers de peuples sans écriture en témoignent ; cinq millénaires de civilisations à écriture de même fondent ce besoin de régurgitation *mezzo voce* comme une anticipation hallucinée d'une *oralité désoralisée*.

Ils sont assis en cercle, tassés, petits, la face jaune, les yeux noirs comme de l'encre ; les yeux cependant luisent ; faces éclairées à partir d'une mystérieuse source interne. Ils écoutent peu à peu la voix douce, la voix sans source, le langage hallucinogène, le bourdon qui s'élève et qui fait retour.

*

Ce que nous appelons chaman, les Inuits le nomment aussi *angakoq. Anga* veut dire l'Ancien. Très exactement : l'Avant. L'Ancien, l'Avant, parle d'une façon particulière : il parle les yeux fixés sur aucun objet (cet « aucun objet » est l'ancêtre du livre) ; le ton qu'il prend est plus grave ; il parle avec hésitation ; il donne une sensation de traduction, de vu autrefois, de très ancien, de déjà partagé, de difficile à redire ; le souffle est à demi avalé ; la voix se retire à moitié derrière les lèvres et mâchonne au fond de la gorge ; l'Avant s'adresse à mi-voix.

*

C'est aussi une leçon de musique : l'absence d'emphase du rêve.

Leçon si possible remarmonnée aux planches de la cloison. Ou à la balustrade.

Au bloc de glace qui fond dans le jardin, qui s'égoutte.

Chuchote.

*

L'Avant est le Prédécesseur comme la bête précède. L'originaire murmure dans la « langue avant qu'il acquière la langue ».

Bain sonore préatmosphérique, diffus, obscur, maternel, focal, focalisant, qui porte, qui berce, qui va de gauche à droite, qui chante, qui rassemble les chants, les origines, les voyages, les retours.

*

Quel jour ne naît d'hier?
Dans ce cas : Où est hui?

*

Pourquoi le mot *piano* a-t-il suffi à désigner le *piano-forte*? Pourquoi le langage humain, lorsqu'il rencontra la narration, s'abaissa-t-il jusqu'à la voix basse?

Pourquoi le livre?

C'est une chose curieuse que le remarmonnement à voix basse soit, pour le volume du corps, plus assouvissant que l'écrit ne peut l'être.

C'est la psychanalyse à Vienne au 19 Berggasse : un lit, pas de visage, la voix basse.

Je songe à toutes les bouillies de proies prédigérées que tous les oiseaux régurgitent dans le bec de leurs petits pour les nourrir.

On contemple un même remarmonnage à voix basse dans toutes les sociétés, quand les porteurs de langage se retrouvent longtemps seuls. Le groupe parle avec eux.

Les confessionnaux en cachette des regards, les dénudations en cachette du jour n'entendaient pas non plus des voix bien claironnantes lors de la régurgitation du perdu. Lors de la revisitation du perdu ils ne désiraient pas une lumière plus vive. Le cinéma noir et blanc, en appauvrissant le visible, nourrissait la narration des images à l'instar d'un régime de voix basse. Dans les films anciens je n'admire pas particulièrement la réalisation, ni le jeu des acteurs, ni l'intrigue : je suis sidéré par cette vision basse ou simplicissime par laquelle l'opposition entre le blanc et le noir est seule signifiante. Vision qui concentrait le visible dans sa principale différence, qui est celle du lumineux et de l'obscur, d'où dériva la différence sexuelle. Elle ne se disperse pas dans les couleurs sans ombres, la psychologie des traits, le trompettement des voix, la sauce des chansons, la virtuosité des danses, la subtilité des teintes.

Les écrivains écrivent en noir et blanc.

Il n'y a pas de récit qui ne soit un retour.

Par conséquent il n'est pas d'écrit qui ne doive ramener le lointain dans son expression.

*

L'étalonnage d'un objet (sa valeur) se calcule au nombre de morts pour lui.

Le passé simple s'échange à l'aoriste à cause des morts qui rythment les générations, qui fondèrent les familles, qui ont tissé les alliances possibles, qui formèrent les groupes.

La magie de l'aoriste dans les sociétés humaines est celle de l'incantation capable de faire passer le passé ancestral (la force originaire) dans les fils contemporains.

La *basse continue du monde* n'est pas le présent.

Les hommes sont la proie préférée du monstre vorace du Jadis arrivant.

Tous les petits des humains sont la *char frache* dévolue au Jadis.

*

L'actualité dramatique du passé est à l'œuvre partout dans *l'être encore en activité*. La foudre. La prédation. La guerre. Le typhon. Le volcan. L'*acting out* terrible du Temps dans l'Être.

Les fleurs ne vivent qu'à l'année — et cette année revient.

Dans les hommes — même s'ils ne vivent qu'une vie — monte une sève plus immémoriale que leur seule vie.

Une voix piano, de plus en plus piano. Une voix pianissime.

★

Dire avec force fait perdre de sa force. Si on crie : « Je t'aime », on a déjà perdu sa puissance sexuelle. Il faut parler avec son regard. Entre chasseurs, l'échange intense, décisif, est un échange silencieux de regards.

Un *œil pour œil* avant un *dent pour dent* est à la source de la symbolisation.

Si les prédateurs parlaient distinctement la proie serait perdue.

Toutes les activités culturelles ne cessent de poursuivre infiniment la chasse.

★

Ceux qui parlent mystérieusement d'une chose qu'ils évoquent, décrivant de grands cercles autour d'elle, mais qu'ils ne confieront pas, frustrent à l'évidence ceux qui les écoutent d'une signification mais ils transmettent en baissant leur voix, en désignant ce qu'ils ne montrent pas, par la médiation et même par la circulation de leur réticence, un vieux savoir qu'on sait depuis toujours : un vieux savoir qui ne sera jamais pénétré de notre vivant.

De la même façon que sans mourir on ne peut parler tout à fait de l'expérience de la mort, ils transmettent la signification d'un secret.

Le vrai secret appartient à ce qui ne se partage jamais : la Perdue, la séparation, le *sexus*, le rêve, la faim, la mort.

L'évocation qui cache évoque ; c'est cela une paroi.

Une autre vie est pressentie ; ou une terreur inimaginable est défiée.

Cauchemars, rêves, fantômes régurgitent une espèce de corps sur la paroi. C'est-à-dire sur la limite de notre condition. C'est-à-dire sur la frontière séparée, sexuée, endeuillée. Cauchemars, rêves, fantômes font buter « l'image » contre la paroi infranchissable — qui ne se franchit que silencieusement, dont on ne revient pas.

*

Bois, cornes, canines, griffes, fourrures, odeurs, sauts, cris stridents, marmonnements sourds, où êtes-vous ?

107

Les sociétés mégalithiques devinrent des sociétés à ancêtres, à voix morte hallucinée.

Des vétérocraties de pierre à temporalité longue, surplombant du haut des collines,

collines qui étaient comme des crânes,

les cités de bois et de feuillages des groupes humains vivants.

Des sociétés à temporalité aussi longue que celle des pierres qui calendaient les tâches tout en abritant les porte-parole des ordres du temps long (chasses, retours, abstentions, festins, solstices, fêtes, naissances, vendanges, semailles, épousailles).

D'abord les porte-parole furent les chefs morts qui adressaient leurs voix au-delà de leur vie avant de devenir les langues aïeules où les dieux se révéleraient après les errances forcées.

Temporalité des pierres aussi durable, aussi insistante, aussi circulaire que celle du voyage solaire qui en orientait l'alignement — en orientant l'alignement en orientait les ombres.

# CHAPITRE XXXIII

## *Le point solstitiel*

Dans l'amphithéâtre de Carthage où j'errais avec M. tout à coup nous tombâmes face à face avec le cervidé la tête tournée en arrière, la patte gauche relevée. Le cervidé se retourne dans l'acte de brouter les feuillages du printemps. Ce cerf est un des plus vieux thèmes figurés dans le monde. C'est le point solstitiel.

Le mot latin *solstitium* se décompose de la sorte : le soleil (*sol*) s'arrête soudain (*stare*) dans son avancée céleste, ayant atteint sa plus forte déclinaison boréale ou astrale.

C'est ici le 21 juin ou le 21 décembre.

C'est le jour le plus long. C'est la nuit la plus longue.

Une fois parvenu à ce point, le héros soleil repart en avant, sans se retourner. C'est l'interdit de rétrospection. Le soleil dans son voyage écrit les temporalités plus brèves des saisons sur la ligne qu'il suit entre ces deux points.

Cet aller et ce retour entre ces deux points

inventent l'année comme première ligne d'écriture loin en amont de toute langue écrite.

★

Le temps ne connaît pas d'autre direction que celle qui surgit du passé. La reproduction est la source. La vie est accumulation de ce qu'elle rejette comme une bête dans les astres.

Les saumons vont droit à la frayère pour y mourir.

Toutes les plantes se tournent vers leur jadis (le soleil).

À l'arrivée de son retour, fleurissent.

Même le soleil danse — fait demi-tour — le jour du solstice.

★

Ulysse est Sindbad le Marin. Pour aller où ? Il se rend à Ithaque. Il va vers ses aïeux. Il retrouve le lit originaire et le bois de figuier qui le prouve. Il rejoint la nuit où la scène se décompose pour se rendre invisible à chaque aube. Son père ne le reconnaît pas. Son épouse ne le reconnaît pas. Son fils ne le reconnaît pas.

Seul son *chien de chasse* le reconnaît.

Seule sa *blessure de chasse* (le coup de dent d'un sanglier) le désigne aux yeux de sa nourrice.

110

★

En Grèce ancienne les organes de l'Être étaient avant tout le Soleil dans le ciel, la montagne dominant la terre, le Chaos, la Nuit, l'Hadès.

Le temps était Typhon. À Typhon les anciens Grecs adressaient des hymnes magnifiques : Toi qui fais frissonner, toi l'irrésistible, dieu des heures indues et non mesurables,

ô crépitant qui te déplaces au-dessus des neiges, l'être est l'ancêtre ;

ses gestes sont au nombre de trois : aurore, zénith, crépuscule.

Se lever, se dresser, se coucher sont les mouvements du monstre Être.

Il dévore les éphémères dans la mort.

Il y a un soleil personnel avant qu'il y ait un démon intime, un ange gardien (avant qu'un écho de la langue interne ne naisse sous la calotte crânienne et ne retentisse sous la forme du murmure incessant, régulier, social, identificateur, domesticateur qu'on nomme conscience). C'est le mot à vrai dire si étrange de Philippe de Macédoine dans Tite-Live :

— Le *soleil de mes jours* n'est pas encore couché.

★

Dans le culte des ancêtres la parenté quitte la verticale de l'instant *hic et nunc,* se penche, se courbe, s'horizontalise jusqu'à la frontière — jusqu'à la ligne du seuil de la porte du temple. Se diachronise jusqu'à la chronique couchée par écrit.

Un jour les cadavres de ceux qui ont engendré les plus petits ne sont plus abandonnés par eux aux charognards et aux fauves.

Les parents cessent d'être dévorés sous les yeux des enfants.

Les enfants les cachent.

Les proies tuées et les humains disparus hantent les rêves des survivants jusqu'à la culpabilité.

Le mixte d'hallucination et de culpabilité est très antérieur à la conscience — qui, elle, est vocalisée. Mais l'une comme l'autre en constituent l'arrière-fond.

Les plus anciennes figurations humaines sont des rétrospections.

On appelle *opisthotonos* la contracture propre au cou des bisons qui meurent.

Ils *semblaient* se retourner en arrière.

En fait ils meurent.

Plus tard le sacrifice plongea le couteau à cette pliure solstitielle du cou qui se renversait comme s'ils regardaient en arrière.

Sur les antilopes et les bouquetins le regard en arrière jeté vers l'excrément qui sort de l'anus et que surmonte un oiseau laisse supposer que le printemps est expulsé par l'hiver mourant.

Que le temps fort de la temporalité est projeté par la mort qui en serait la source.

L'ogre Temps, à force de dévorer végétation et animaux, fait de la terre un désert et en dépeuple toutes les familles et tous les habitants.

À mesure que le chasseur chasse, que le monde diminue, le ventre de la bête temporelle se distend.

Son ventre soudain explose, accouche, excrète, projette printemps, végétation neuve, petits des animaux, repeuplant le monde de tout ce que la Bête chronique avait dévoré. Mais je surinterprète des petites scènes incisées sur des bouts d'omoplates. Qu'on n'oublie pas que je ne dis rien qui soit sûr. Je laisse la langue où je suis né avancer ses vestiges et ces derniers se mêlent aux lectures et aux rêves. La seule chose qui est certaine : une intrigue mythique est ramassée là, au sein de ces incisions, de ces pigments, de ces mains soufflées, supposant à la fois un rêve fait d'images et un récit fait de langage.

*

Tout à coup les forêts reculent. Les glaces fondent. Les montagnes se dressent. Nous piaillons.

Arrivèrent günz, mindel, riss, würm.

Des forêts suivaient des glaciers. Des troupeaux suivaient des forêts. Des charognards suivaient des carcasses qui tombaient des troupeaux qui suivaient des forêts qui suivaient des glaciers qui évidaient des grottes dans les flancs des montagnes.

Qu'est-ce qui nous oriente? Le vide qui s'étend devant nous.

Vides, trous que nous envahissons comme les rêveurs aiment à faire dans les rêves.

*

Nous vivons toujours dans la période interglaciaire du pleistocène que nous nommons parfois actualité.

C'est le mot de Mallarmé au mois de février 1895 : Il n'est pas de présent.

Mal informé celui qui se croit son propre contemporain.

# CHAPITRE XXXIV

Curieusement je n'avais jamais regretté un monde. Je n'ai jamais ressenti le désir de vivre dans une époque qui fût ancienne. Je ne puis me désancrer des possibilités actuelles d'inventaire, de disponibilité livresque, d'idéal fracassé, de la sédimentation de l'horreur, de cruauté érudite, de recherche, de science, de lucidité, de clarté.

Jamais le spectacle de la nature sur la terre, étant devenu si rare, n'a été si poignant.

Jamais les langues naturelles ne furent à ce point dévoilées à elles-mêmes dans leur substance involontaire.

Jamais le passé n'a été aussi grand et la lumière plus profonde, plus glaçante. Une lumière de montagne ou d'abîme. Jamais le relief ne fut plus accusé.

# CHAPITRE XXXV

Il y a des ruisseaux qui sinuent bien avant les hommes qui les suivent, les oiseaux qui les survolent, les fleurs qui les bordent. Les traditions secrètes ne recourent pas aux époques historiques. Elles resurgissent à partir du secret de la dispensation elle-même, sans médiation, au-delà de l'histoire, dans la *fons temporis*.

# CHAPITRE XXXVI

Le mercure est un métal dur, dense et fuyant.

Seul le réel est plus dur et plus troué, plus tronqué, plus sexué, coupant, mourant.

Écrire est plus proche du réel que parler.

Écrire est une matière plus dense que le mercure. Je fais revenir un visage que chaque confidence repousse plus loin de moi encore dans l'ombre, tant tout ce qui cherche à héler abandonne.

# CHAPITRE XXXVII

## *L'après coup*

Le passé n'est construit qu'après coup.

C'est le deuxième maillon qui crée son enchaî-
nement au premier anneau dont il invente la
nature, ajoutant à son décalage la précession.

La dimension du passé s'ouvre rétrospec-
tivement sans qu'il y ait pour autant de présent.
Dans la succession généalogique, en relation avec la sexualité, la source est toujours *in
absentia,* le présent est le naissant, jamais la
conception. Nos anniversaires ne fêtent jamais
nos origines.

*

L'exil des anciens Hébreux qui avaient été
déportés à Babylone dura de − 587 à − 538.

Le judaïsme *stricto sensu* est post-exilien.

Relation entre deux temps est le temps.

Après coup est le temps.

Comme le premier homme ne se vit nu

qu'après s'être déchiré en anté-lapsaire et en post-lapsaire. Comme l'hébreu fut perdu dès l'édit de − 538 (avant de revenir comme langue nationale en 1948). Comme il arrive que le retour échoue dans le retour lui-même. Le temps humain connaît la douleur irréversible (le deuil). Le temps humain dans l'après coup de la conception connaît l'épiphanie irréversible (la naissance). Le post-coïtal ne coïncide pas avec le post-fœtal, qui ne coïncide pas avec le post-natal, qui n'a pas grand-chose à voir avec le post-édénique. Telle est la structure étrange du temps.

*

Écrire décontextualise la langue. Noter des sons par des lettres qui les fragmentent arrache à la prise de parole entièrement immergée dans le milieu cynégétique et dans le rapport de forces propre au groupe. Écrire invente l'écart. Il disjoint le dialogue jusque-là indistinct et continu. La lettre est le sursis, le report, le temps sabbatique, l'autre monde viager ou fallacieux ou mensonger ou fantastique ou fictif. Écrire institue le contre-temps. Inventer le contre-temps suppose cette possibilité préalable de la temporalité que la langue appelle la *temporisation*. L'homme peut se reculer dans le temps comme dans l'espace. Il peut négocier des « distances de temps » (des séquences, des illusions, des drames, des fêtes). Il peut meubler d'instruments qui le décomptent l'impatience compulsive; temporiser pour augmenter son plaisir en le déplaçant; marquer de la durée pour l'affirmer; creuser de l'attente pour rougir; méditer; faire ascèse ou extase.

Le temps peut mettre le tout de la temporalité à disposition.

*

Hadewjich dit qu'au-dessus de l'Écriture, au-dessus de tout ce qui est créé, le court-circuit de l'esprit-qui-perd-le-sens retrouve le perdu à la racine de sa perte.

Vision, puis lecture, puis éblouissement.

Vision devenue lecture.

Lecture devenue éblouissement.

La vision, la lecture puis l'éblouissement retrouvent l'intimité irradiante des planètes qui errent, lettre à lettre, atome à atome; elles communiquent à toute vitesse;

sans médiation, *sonder middel,*

elles ruissellent d'un coup.

# CHAPITRE XXXVIII

## *Praesentia*

Vint le jour où je cessai de comprendre le présent.

Pourquoi un fragment du jaillissement arraché au mouvement de jaillir prétendait-il faire repère ?

Le présent — la *praesentia* — je ne pouvais même plus le penser tant la pensée elle-même — la *noèsis* — ne pense rien au présent. Elle est une part du bondir, du prendre. Elle est jadis. Elle est perdue. Perdue avide du perdu en tant que manquant, qui creuse sa faim, qui « procrastine » son rêve, qui étend son hallucination, qui temporise son attente, qui immobilise son « bond » à l'intérieur de son « guet ».

On ne pense pas à la seconde. La distension du temps a plutôt la dimension de la journée, de la nuitée, de la semaine, de la saison, de la grossesse, de l'enfance, du mûrissement, de la corruption, du regret, de l'apoptose, de l'impatience, du désir.

Ce qu'on appelle le présent est un fantasme qui se trouve dans tous les mythes : il renvoie au passé originaire selon les vivipares.

Ce sont les poings fermés des naissants s'accrochant au souvenir d'une fourrure qui n'est plus là depuis des millénaires.

★

La relation entre le changé et le changeant est continue, durable, toujours rythmique, toujours binaire, évanouissant lentement le passé, ne dévorant ce qui arrive que par phrases complètes, que par rythmes entiers. Délaissant ce qui passe ou meurt par chapitres, par récits plutôt que par lambeaux, plutôt que par atomes.

★

Être et penser ne sont pas le même. Dans le grec de Parménide ils ne sont pas *to auto*. Dans la traduction de Cicéron ils ne sont pas *idem*. À supposer le réel comme être, comme asymbolie, comme aniconie, le penser n'est pas le même.

Le temps comme altération du non *idem*.

Le temps est l'inidentifiant.

*

Si la perception était une véritable saisie du présent, et le présent une dimension du temps, nous ne pourrions percevoir ni succession ni vitesse.

Prédiction et rétrodiction sont si peu distinctes.

Tout récit linguistique (généalogie, histoire, sociologie, cosmologie, géologie, biologie) consiste à inférer de l'antérieur pour faire venir ce qui n'est pas là. Le mot de présence dit cet être-auprès qui est lié à la présexualité et qui est encore une nostalgie de la prémaison utérine.

En latin la *contrectatio.*

En anglais le *homing.*

*

Celui qui naît n'est pas synchrone avec son origine.

Vestige et investigation sont un même visage. Que ce soit l'enfant devant son origine. Que ce soit le physicien devant la nature. L'abandon ne nous abandonne jamais.

J'évoque l'investigation inabandonnable d'un vestige infini.

*

Le temps de l'apparition du mort, le temps de l'hallucination de la faim, le temps du fantasme du désir, le temps du rêve définissent la chronique de l'*Ersatz*. Dans le temps de l'*Ersatz* un passé vient en se perdant aussitôt. Il était là. « Je te jure : *Il était là.* » Il y a, fondant le monde, un Là d'avant le temps d'y être.

*

L'originel a la double dimension de l'imminent et du passé. Le présent est sans présence.
*Outopia.*
Pourquoi ne peut-il pas être ?
Parce qu'il fut.
Le lieu utérin est ce lieu sans lieu (cette poche non terrestre) ; et pourtant dans le lieu sans lieu, nous tous, y vécûmes. La scène que notre corps suppose est *outopia ;* elle n'a jamais été nulle part dans le monde que nous pouvons voir depuis que nous voyons ; et pourtant nous résultons d'elle et nous venons de lui.

*

Le sexus, le déchirement : *abîme* originaire. Œuvre où se déchirent tous les temps et tous les lieux. Il faut qu'une tête ait deux lèvres.
Lèvres déchirantes. Pages déchirantes.

*

Le temps comme *dimensio* est le deuxième temps du temps comme *distentio*. Le temps devient ce lien continu qui permet d'unir des événements ou des objets que la distension a désunis ou que le langage a divisés puis opposés.

Le temps comme liant répond à la frustration biologique dans la vie atmosphérique. Il s'acquiert comme une distance plus ou moins calculable entre le besoin ou le désir et la récompense ou la jouissance. *Capere* veut dire prendre. *Ceptio* ou capture plus vaste pour ce prédateur imitateur de prédateurs qu'est l'homme. La per-ception puise dans la déception ce qu'elle vise à l'aide de l'anti-cipation. Il s'agit toujours d'une prise, d'une main qui tient, qui agrippe, qui serre, qui retient. Il s'agit toujours d'une maintenance.

*

Qu'est-ce que le réel?

Comment « nommer » le pôle du monde externe *qui se tait* dès que le langage le dénomme?

C'est le début de janvier à l'est des pierres alignées de Carnac.

Il pleut.

J'ai sous les yeux — autant que je puis voir sous la pluie de Bretagne — les pauvres traces de plastique et de fer que laisse une rivière en décrue.

Le temps ne réside pas dans le réel (dans la laisse vide des berges) ; il est la marée ou la crue. Le présent du monde n'est pas la rive d'origine. Le monde est le site du regret du temps (du *regressus* chronique).

Même, le monde peut être défini comme un regret de réalité. Un *nostos* d'être.

Le « là » où la langue dit que les choses ne sont plus ce qu'elles étaient n'est pas l'ancien « ici ».

La scène sans apparaître est la scène que ne contient pas le monde épiphanique. Elle est la scène que ne scande pas le temps comme synchronique. Elle est la scène que n'articule pas sous formes de signes à deux pôles l'air que le corps ignore encore.

# CHAPITRE XXXIX

## *Aunque es de noche*

Saint Jean de La Croix :
Je sais la source qui coule et court.
À cette source cachée le ciel et la terre boivent
*bien que ce soit dans la nuit.*

## CHAPITRE XL

### *Le rêve*

Le premier voyage est le naître. Le rêve d'aube est un voyage. Un aller-retour utérus-lumière. Un aller-retour jadis-maintenant.

Puis on relève les paupières : on ouvre les yeux.

*

Durant l'éveil l'activité cérébrale est souvent rapide, en grande partie désynchronisée, enchevêtrée, linguistique.

Il se trouve que deux temps alternent avec violence au cours de la vie où nous sommes évanouis dans le sommeil. 1. Durant le sommeil profond l'activité cérébrale est ample, lente, synchrone. Le rythme respiratoire, la pulsation cardiaque, l'activité musculaire se calment progressivement. Ces rythmes s'approchent de la frontière de la décélération mortelle. 2. Durant le sommeil paradoxal les ondes lentes disparaissent ; l'activité cérébrale se fait très prompte et complètement désynchronisée; beaucoup plus asynchrones que dans l'éveil, les yeux se meuvent en tous sens et voient des suites d'images; la vulve se distend ou le pénis se dresse; la respiration s'accélère.

Le repos chez les humains est un état de resynchronisation quasi mortel.

★

Les valeurs tragiques propres à l'âme sont le trop tard et l'après coup.

Méprisants, fratricides, nous jouissons peu. Nous rêvons mal.

Qu'on lise Job, qu'on lise Ptahhotep, le monde dans l'aube est vieux.

Œdipe aveugle se traîne et erre.

Les valeurs héroïques : nous sommes originaires comme les sources; éruptifs comme les volcans; ensanglantés comme des naissants; nous désirons; nous refaisons la guerre de Troie de siècle en siècle, d'heure en heure. D'heure en heure tout est neuf. Chaque printemps est plus beau; chaque fleur est la plus déroutante des pousses du temps, en extase dans l'air, comme les oiseaux.

★

Excitation intérieure enfiévrée ou angoissante, désynchronisation quasi sexuelle et folle, resynchronisation quasi mortelle et vide, crânes vides, images *in absentia,* sont comme des organes du temps.

*

À la reconnexion au monde externe atmosphérique répond le stade aux ondes lentes, celui de la déconnexion profonde, du quasi-coma, qui touche à la nuit interne antérieure. Oppositions linguistiques et communautaires, différends vitaux et sexuels régressent jusqu'à l'oscillation de pure synchronie, de basse fréquence, de large amplitude, qui se tient juste à la frontière des Enfers.

*

Dans les mythes des anciens Australiens entrer dans une grotte, mourir, s'endormir, devenir-*phallos*, désignent une même opération.

Les héros sont nommés les hommes-du-rêve, ou encore les êtres-*phallos*, ou encore les provenants-toujours, ou encore les *Inanka nakala* (les Jadis-étaient) opposés aux *Ljata nama* (aux Maintenant-sont).

L'opposition est polaire mais aussi chronologique : le temps du Est s'assource au temps du Était dont il provient. Il y a un monde du silence et de l'excitation avant — et un monde de la pul-

130

sion pulmonaire et du pénis, tendu ou distendu, après. Dans l'Être les Étaient se tiennent derrière les Sont qui participent encore d'eux au point qu'ils en rêvent toujours. Parce que le Était a un sens (une excitation) qui fait défaut au Est, on ne peut distinguer conte et mythe. Le « Il était une fois » australien se dit : « Était-était ». C'est le temps-du-rêve, le temps-du-être-excité, le temps du totem-toujours-dressé. Toute intrigue mythique se termine par un homme qui se couche et qui dort.

C'est-à-dire un héros qui entre dans la violence et s'installe dans la jouvence paradoxale.

★

Le chant V de *L'Odyssée* s'ouvre ainsi : sur l'île des Phéaciens, sur le rivage, Ulysse est nu ; il dort, épuisé à la suite du naufrage.

Au chant XIII c'est un Ulysse *toujours endormi* que les Phéaciens reconduisent.

Nausicaa, le banquet, le chant, etc., n'étaient qu'un rêve.

Il faut opposer temps excité à temps ordinaire ; temps affamé à état replet ; temps hallucinant, désirant, manquant, hélant, chantant, déchirant, à la détente et à l'homogénéité au milieu. Opposer répétition en tous sens et par quelque moyen que ce soit à état inerte.

131

*

Le rêve appelle la co-présence quand elle se fait impossible.

Le rêve présente. Présentant il apporte l'absent.

*

Saint Paul a écrit : Les extrémités du temps se font face comme *typos* et *antitypos*.

En latin il aurait sans doute écrit qu'Est et Ouest au sein de la mémoire s'opposent comme *imago* et *sermo*.

Entre l'image involontaire et la voix hallucinogène se tient le dernier royaume.

Tension elle-même sans repos entre deux pôles toujours décalés l'un par rapport à l'autre.

Temps comme abîme.

On peut appeler la tension, le décalage, la relation, l'opposition « instant » et hypostasier cette instance sous forme d'une dimension ontologique (le présent). Je n'en ferai rien. Cette relation aux deux pôles affrontés est plus grande que l'histoire des hommes ; elle appartient à l'explosion de l'univers par laquelle il se déchire en s'épanchant dans le vide sous forme d'espace. On ne peut se référer à l'instance comme à un point immobile, ou à une référence qui demeurerait stable, par quelque biais qu'on la prenne. J'abandonne à la mythification philosophique les trois dimensions du temps. Deux dimensions du temps linguistique sont sans cesse en tension, en opposition. Elles déchirent sans trêve dans l'après coup. Elles décalent sans fin à partir de l'intervalle mort. Il n'y a pas de paix.

*

Prendre la parole, dire *je*, poser le temps sont la même chose. Pour le dire avec des mots grecs : la *logophorie* entraîne la *chronothèse* comme la conscience ne se discerne pas de la vocalisation linguistique intériorisée. L'instance qui parle, se saisissant du langage dans la fonction *je*, s'auto-réfère et réfère le temps de parole où le langage revient dans le dialogue à deux termes.

L'instant *stricto sensu* n'est donc que la prise de l'instance verbale ; dire *je*, cela se fait en un instant ; mais cet instant est long : un peu plus de dix-huit mois atmosphériques pour y parvenir à dater du jour où le souffle nous traverse.

L'instant est long parce qu'il n'est pas immédiat. Non-synchronie. Insuperposition ; laps ; retard ; reste de ce qui ne fut jamais originaire. Reste sans fin de la chute édénique.

Tout maintenant, même maintenant, a un contenu de 9 mois + 18 mois.

*

On ne transporte la flamme qu'en brûlant.

*

Au haut de la falaise (en grec le *problème*) surplombant le vide (en grec l'*abîme*) le cheval
monumental d'Uffington.

# CHAPITRE XLI

## *Au sujet du cheval d'Uffington*

Le temps est un cheval au galop.
Aucun homme ne peut l'arrêter car il court vers la mort.
Tous partent aujourd'hui pour arriver hier.
Il s'agit d'arriver à ne pas arriver.

# CHAPITRE XLII

## *Sur l'assuétude*

La dépendance est une nostalgie irrépressible du plaisir ancien. Un empressement du corps à retrouver au plus vite l'excitation. À répéter la soudaineté de la joie qu'on aimait, à retrouver l'effet temporel du flash ou de l'ersatz ou de l'éclair traversant le membre, le corps, le crâne. L'envahissant de plaisir. Il y a une passion violemment extatique qui domine l'humain et qui définit l'attrait du temps le plus ancien.

*

Les époques fabuleuses (là où les conteurs placent les contes) se situent toujours à mi-distance du désordre absolu et de la richesse extrême.

*

Les époques fabuleuses sont les scènes primitives propres à l'histoire.

Frondes.

Révolutions proches des cyclones.

Forêts impénétrables.

Jardins d'Éden à la veille de leur chute.

Marches du temps.

## CHAPITRE XLIII

### *La comtesse de Flahaut*

Dans l'histoire littéraire de la France la comtesse de Flahaut est l'écrivain de la nostalgie du XVIIIᵉ siècle.

Sous le nom de baronne de Souza elle transforma d'un coup de baguette le terrifiant XVIIIᵉ siècle en âge d'or.

Elle métamorphosa l'ancien régime en paradis.

Elle fut la grand-mère du duc de Morny, l'arrière-grand-mère de Missy. Colette serrait entre ses bras une part d'elle en étreignant Missy.

La première ligne de *Adèle de Sénanges,* paru à Londres, en 1793 : J'ay voulu seulement montrer, dans la vie, ce qu'on n'y regarde pas.

# CHAPITRE XLIV

## Le mouchoir de joie

Au terme de la campagne de 1262 le duc de Bourgogne honora le chevalier de Vaudray devant tous les barons de sa cour. Il lui offrit le commandement de sa compagnie d'arbalétriers montés, qui était la plus mobile de ses troupes. Une nuit d'hiver, la compagnie fit étape dans le bourg de Vergy. Tous les arbalétriers trouvèrent à se loger chez les bourgeois et les fermiers sans qu'ils eussent besoin de les menacer pour les emplir de terreur et obtenir leur nuit. Le chevalier de Vaudray et deux de ses hommes montèrent pour y prendre logis à la place forte. Son époux étant absent, ce fut contre son gré que la châtelaine de Vergy leur offrit l'hospitalité qu'ils requéraient. Vaudray, devant la froideur de l'accueil, fit un maussade remerciement. Puis la châtelaine et le chevalier levèrent les yeux l'un vers l'autre. Sans qu'ils l'aient cherché, ils se virent ; s'étonnèrent ; tombèrent amoureux l'un de l'autre. Tandis que les hommes du chevalier s'affairaient pour qu'on préparât leur dîner, ils cédèrent à d'autres reprises à cette curiosité visuelle qu'ils ne pouvaient retenir et qui les poussait à se tourner l'un vers l'autre. Quand la nuit fut là, la châtelaine se refusa pourtant à Monsieur de Vaudray qui la pressait dans l'escalier. Le sexe du chevalier était tendu et Madame de Vergy le sentait bien sous l'étoffe. Il pressait sa cuisse. Mais elle lui dit :

— Mon époux est absent.

Le chevalier leva sa main. Il donna sa parole d'honneur que rien de son corps ne serait insinué en elle. Elle refusa encore. Alors ils mirent nus seulement le bas de leur ventre l'un devant l'autre et ils jouirent dans leurs doigts. Une grande flaque tomba d'un coup sous les pieds de la comtesse.

La comtesse prit un de ses mouchoirs. Elle s'essuya. Puis elle essuya ses mains, celles de Vaudray, son sexe.

Le chevalier dégorgea de nouveau dans ce mouchoir.

Ils s'endormirent l'un contre l'autre. Pour s'assurer de ses faits et gestes elle tint le sexe de Vaudray durant tout son sommeil enveloppé dans le mouchoir. À l'aube il se déversa encore. Il la quitta. Le mouchoir était raide et odorait une odeur merveilleuse. Madame de Vergy glissa le *mouchoir de joie* à l'intérieur d'un autre mouchoir sur lequel elle broda la lettre V avec un fil rose et le rangea dans la poche interne de sa robe. Elle mourut en tombant dans l'escalier à deux mois de là.

# CHAPITRE XLV

## *Histoire de la femme appelée la Grise*

Quand Tafa devint seigneur de Tahiti il épousa une princesse qui s'appelait la Grise. De longs cheveux noirs descendaient le long de son corps et tombaient sur ses pieds. Ils se connurent. Ils s'aimèrent. Quand Tafa partit, elle mourut.

Tafa revint de voyage. Sur la grève Tafa apprit que la Grise était morte. Il décida de se rendre aussitôt chez les morts pour la rejoindre. Il se trancha la gorge. Il se rendit à Tataa, à environ vingt milles de Uporu, lieu où les âmes se donnent rendez-vous avant de partir pour le paradis. À Paea il apprit que sa femme était déjà au mont Rotui. Il se précipita au mont Rotui, grimpa au sommet mais là aussi il constata que sa femme était déjà partie. Il ne perdit pas courage, il reprit sa pirogue, parvint à Raiatera, gravit le mont Temehani et arriva à l'endroit où divergent les deux sentiers. Tafa s'adressa à Tuta qui gardait l'accès des sentiers. La Grise avait-elle franchi ce lieu? À son grand soulagement Tuta lui répondit que non. Selon l'avis de Tuta elle devait se cacher dans les buissons et reprendre des forces avant de s'envoler en se lançant du haut de la falaise.

Alors Tafa se cacha lui-même. Il reprit lui-même souffle et attendit. À peine avait-il apaisé son souffle qu'il entendit un bruit de feuillage remué. Il comprit que c'était un dieu qui lui parlait. Alors il se mit en position accroupie, les yeux grands ouverts, prêt à bondir. Bientôt il vit devant lui la haute et merveilleuse stature de sa femme. Elle se précipitait vers le rocher. Mais avant qu'elle pût s'envoler de la Pierre de Vie Tafa fit un bond prodigieux dans l'air et la prit aux cheveux. Elle avait des cheveux immenses et en y plongeant les poings il parvint à la retenir. La Grise se débattit mais son mari la tenait fermement, la tirant sur la Pierre de Vie. Pendant ce temps-là Tuta était accouru et expliquait à la Grise que le temps n'était pas venu pour elle de quitter ce monde, qu'elle se retournât plutôt. Alors la Grise se retourna et découvrit quel était l'homme qui la retenait par les cheveux.

— C'est toi, Tafa! dit-elle.

Puis elle posa sa tête près du cou de son mari et ferma les yeux. Elle ronronnait. Ils se réfugièrent dans les buissons. Ils revécurent. Comme ils vivaient aux confins de ce monde, ils se trouvaient loin de toute vie sociale et familiale. Ils étaient pleins de joie l'un et l'autre. Ils s'aimaient. Ils se tenaient par la main et ils erraient au bord de la falaise à la limite du vide.

# CHAPITRE XLVI

Il y a des hommes qui suivent la rive des fleuves dans le dessein de remonter à leur source. Ils gravissent les montagnes. Ils rencontrent des fauves solitaires. Ils découvrent des femmes merveilleuses. Ils prétendent être les compagnons des grands rapaces silencieux très haut, au plus haut du monde, emportant dans leurs serres la lune et le soleil, — et qui fondent brusquement parmi les roches à pic et les fleurs terribles pour enserrer leurs proies et les couvrir de leur sang. Ils surveillent des sites déchirants. Ils séjournent dans des grottes inaccessibles aux bouquetins et aux ours. Ils ne craignent pas plus le ciel que la nuit.

La plupart se laissent flotter au fil de l'air et s'engouffrent dans la mer pour soudain se retourner comme fait le soleil deux fois l'an.

Des hommes refluent.

Il y a des hommes centrifuges et refluents —

comme il y a des fleuves affluents. Dès l'origine il y a des hommes antifocaux, antifestifs, antisociaux. Des hommes montagnes. Des hommes cerfs. Des hommes sources.

# CHAPITRE XLVII

Nietzsche fut un homme saumon : antidatant, régressant, retournant, retournant éternellement comme les étoiles désirent.

Le saumon du Pacifique parcourt jusqu'à 3 200 kilomètres pour frayer et mourir. *Regressus* de 3 200 kilomètres.

Un contre-don, une nostalgie qui est préhumaine fait tourner le temps.

Parce qu'un don, un présent qui est le passé, telle est la ronde.

Ronde extrême est la transe magique. La musique ôte le temps au langage, détache ce qui vient à la linéarité dont il procède et à la mort qui interrompt. La ronde invente le passé devant. La musique est ce qui fait tourner le passé au point de revenir.

Toupie, roue, iunx, rhombe, bobine, fuseau, rouet, toutes rotations qui émettent un son, qui vrombissent sur l'axe.

Giration de la terre.

Vertige des transes.

*

Le capitaine Hatteras fut atteint de folie polaire comme l'aube.

Comme les saumons.

Comme les astres mouvants du zodiaque.

Marchant droit devant lui puis, virant sur lui-même, marchant à reculons dans l'allée de Sten-Cottage, le capitaine Hatteras ne fait qu'un avec le rite de passage vers le septentrion.

*

Lorsque le chagrin devient intolérable pour le crâne, même les hommes cessent d'être grossiers. La pudeur naît sur leurs lèvres et ils se taisent.

# CHAPITRE XLVIII

## *Sur le happy end*

Une flèche aller-retour hante le chasseur avant qu'il la conçoive. Il est si difficile de faire une flèche. Il est si difficile de retrouver son chemin.

En Chine ancienne les mythes sont pleins de flèches à fil.

En Australie, en Afrique du Nord, eurent lieu les deux inventions dissociées du boomerang. L'arme qui revient au pied du chasseur comme son chien.

Dans les grottes paléolithiques, le bison dont le cou se contracte, le regard en arrière du faon, encouragent le retour du soleil.

Aller à la chasse, tuer, revenir, raconter sa chasse au groupe focal en rapportant sa proie.

Le schéma est ternaire à la source car tuer, revenir et dire sont le même ; dire c'est avoir vaincu, survivre et être de retour. C'est revenir de la chasse avec le gibier mort en tiers, en preuve, l'histoire à narrer en plus.

Le problème des chamans n'est pas de voyager

très loin, infiniment loin (la drogue, la transe au risque de la mort). Le problème qui se pose à eux est celui de leur retour. Il faut un auxiliaire, un repère, un *inoa*, un perche-oiseau.

Au chasseur comme au chaman — qui sont les deux premières spécialisations sociales humaines — il faut un aide-rebrousse-chemin.

*

Le dernier membre de la dernière séquence d'un mythe est nécessairement positif. Cette règle ne souffre pas d'exception. Toute histoire suppose un survivant. Tel est le fondement de la notion de *happy end*. Ce fondement est tragique. Il faut être revenu de l'épreuve pour la raconter à tous. Si c'est la proie qui a dévoré le prédateur, si le chaman s'est perdu dans son extase ou son spasme, si l'espèce a été anéantie, si la nation a été exterminée, il n'y a pas de récit, faute de récitant.

On ne peut même pas dire que l'histoire se termine mal pour les victimes : elle n'est même pas dite.

La fin du récit est de dire l'éprouvé. (Même chose pour la chasse ; même chose pour la transe chamanique ; même chose pour la psychanalyse.)

Qu'est-ce qui s'oppose au pouvoir-revenir-dire ? La mort (ou la folie dans le cas de la transe).

Ce n'est pas la réalisation de l'exploit, la vic-

150

toire au combat, la solution de la tâche qui font la fin de la chasse, qui font la fin de la compétition, qui font la fin de la guerre. La fin c'est de revenir-dire.

*

On ne peut distinguer entre beauté et abîme de tristesse.

*

Trois temps s'articulent : l'épreuve, le demi-cercle du retour, le dire à l'intérieur du groupe construisant l'éprouvé de l'épreuve.

C'est pourquoi le temps du dire est *toujours le passé*. (Ce n'est jamais le temps de l'épreuve qui règne dans le dire mais le temps du dire-l'éprouvé-sans-le-groupe après être revenu dans le groupe.)

Corollaire I. Pourquoi tout récit commence-t-il par un malheur? Parce que tout récit rapporte l'histoire d'une mort : soit animale, soit humaine.

Corollaire II. Pourquoi tout récit finit-il sur une fin heureuse? Toute histoire s'achève dans une espèce d'élation parce que joie d'avoir tué, joie de vivre encore, joie de dire sont indistinctes.

# CHAPITRE XLIX

## *Sur la culpabilité paléolithique*

Le fœtus mange sa mère.

Le chasseur mange le fauve.

La culpabilité paléolithique est un obscur sentiment de faute attaché à manger plus fort que soi et plus vivant que soi.

Les mains encore souillées du sang de la chasse on redoute la vengeance de la proie mise à mort.

On la mange : un « re-mords » s'ébauche pour chaque morsure qu'on fait dans le corps qui est autre.

Détrivorie, carnivorie, cannibalisme : l'homme mange du passé.

L'homme vole du passé au jadis.

★

La phrase « Autrefois les hommes étaient encore des animaux » signifie « Avant les langues naturelles les bêtes n'étaient pas encore le contraire des hommes ». Les bêtes n'étaient pas des bêtes. Autrefois ni les uns ni les autres n'étaient distincts. Il n'y avait pas de cuisine, pas d'échange, pas de mariage, pas de rite funéraire. Seule la lecture existait déjà et son exercice dominait le monde. Tous les excréments parlaient : ils étaient les traces qui identifiaient chaque absent pour chaque présent au nez et à la vue de chaque errance.

*

Sans cesse deux temps battent au sein de l'avant du temps. Au cœur de l'*Adventus* du Venir. Au sein de l'Avent. La préhistoire avant l'histoire. Le cœur de la mère avant notre propre cœur.

Deux vies silencieuses précèdent l'accession au langage. Sans cesse la structure temporelle est heurtée et déplacée par la poussée anhistorique. Sans cesse l'instabilité culturelle est déchirée par l'animalité de l'espèce-source. Sans cesse une frontière dangereuse se déplace, ligne de front où la guerre est incessante, où tout ce qui s'enterre explose, où tout ce qu'on mange rugit, où tout mouvement musculaire ou impatience sensorielle qui s'inhibe réclame.

Le toujours-perdu-de-ce-que-nous-étions-pour-devenir-ce-que-nous-sommes traîne en nous comme l'inconnaissable ou obsède comme le refusé. Le sans-cesse-inconnu que dissimule l'identité ou le rôle ou l'illusion ou la conscience est le point aveugle de la vision ou plutôt en amont de la vision, de la prédation, puis de la quête narrative, zoologique, puis humaine. Nous poursuivons l'activité anxieuse et toujours affamée qui hante notre destin. Parfois, dans le meilleur des cas, cette avidité inquiète et impulsive perce nos vies et dévaste les jours. Le fond de l'âme n'est ni binaire ni identique ni négatif ni sensé ni directionnel ni narratif ni progressif ni symbolique. Tout tourne en rond d'abord, comme le ciel, les astres, la matière, la vie, la nature, la sexualité, les saisons. Même le vrai *self* est un faux *self*. Deviens ce que tu es : mais il n'y a rien qui ait à devenir. Nous ne sommes rien de ce que le langage désigne. Au mieux *in-formis* ; faim ; *meta-morphosis* ; question ; *curiositas* ; audace ; tension ; bondir ; partir ; issir.

★

Marc Aurèle a écrit : Une est la lumière du soleil bien que les cloisons des murs, les branches des arbres, les flancs des montagnes la séparent. Une est la substance que les rêves, les hallucinations, les noms propres et les langues des hommes divisent.

★

Le langage transforma les différences en les opposant terme à terme selon sa folie systématique, agressive, duelle, binaire.

Vitalité s'opposa à ordre, femme à homme, mère à enfant, rouge à blanc, sang à sperme, chair à os, naissance à mort, utérus à tombe.

Scolie. La langue faite d'oppositions ne différencie plus. Opposant tout elle binarise tout. Découplant tout elle symbolise tout. Symbolisant tout elle conflictualise tout.

Par la langue nous cessons d'être des créatures à deux temps, à deux sexes, à deux mondes, pour devenir des êtres où deux temps s'opposent, où deux sexes s'envient, où deux mondes s'affrontent.

Nous devenons la proie de conflits eux-mêmes à deux temps, où s'opposent deux sexes dans deux fois deux parentés, conflits sans cesse anachroniques mais hostilité chronique et inapaisable.

# CHAPITRE L

## *Urvasi*

Immobile dans la nuit, la nymphe Urvasi dit au roi Pururava :

— Trois fois par jour frappe-moi de ton bâton mais surtout ne te montre pas nu !

Hélas, au terme de quatre saisons, elle le vit nu à la fin de la nuit, en raison d'un orage. Un éclair illumina son mari. Cet éclair persista jusqu'à devenir le jour. Elle disparut alors. Du moins le roi Pururava pensa qu'elle s'était enfuie.

Il partit à sa recherche.

Il erra des années.

Un jour il arriva sur la rive d'un lac qui était couvert de cygnes. Il les contempla. Puis il les observa. Il reconnut l'un d'eux : c'était sa femme.

Le roi s'approcha de ce cygne et lui dit :

— Pourquoi m'as-tu abandonné ?

Urvasi dit :

— Je ne t'ai pas abandonné. Je t'ai vu nu. Je suis devenue aurore et je me suis envolée à ma propre lumière.

Pururava dit :

— Si tu ne me rejoins pas je vais me pendre à ce saule.

Elle lui dit :

— N'en fais rien. Passe avec moi la dernière nuit de l'année mais surtout plonge profondément en moi !

Le roi Pururava revint de cette nuit avec un petit enfant qu'il tenait par la main. À dater de ce jour le feu devint le mimosa.

# CHAPITRE LI

Immobile dans la nuit qui tombait, je regardais la maison blanche aux six volets verts. Je vis une lumière qui s'allumait dans les pièces du haut. Deux fenêtres en bas étaient allumées.

Je vis la Simca blanche sous la lune.

# CHAPITRE LII

On a beau fermer les livres, quitter les femmes, changer de ville, renoncer aux métiers, gravir des montagnes, traverser les mers, franchir les frontières, monter dans des avions, on ne sort pas de son rêve.

# CHAPITRE LIII

## *Sur l'arrière*

Dans la transe le corps *tombe en arrière*. Toute image de corps humain vacillant bras levés et s'apprêtant à tomber dos contre terre figure l'instant de transe au cours d'une petite mort qui parle à tort et à travers et de laquelle on ne sait si on reviendra vivant.

Le passage à l'autre monde définit le passage au monde *in illo tempore*.

Monde non pas *ab origine* mais premier royaume du Jadis pur.

Le Jadis pur est le monde pré-mondain où les prédateurs et les proies n'avaient pas rompu leur polarisation sauvage.

Ils parlaient encore le même langage (les cris).

Les appeaux sont des instruments qui imitent le cri propre à chaque animal pour le faire venir.

On appelle appelants des animaux sauvages pris vivants, attachés, affamés, lesquels, criant, attirent vers eux les animaux sauvages de la même espèce.

À son aube la musique fut détresse-appelant-le-congénère.

Roland sonne son cor.

Dido hèle Eneas.

Dans quel temps le simple fait d'appeler faisait-il venir?

C'est l'enfance.

C'est l'enfance indifféremment animale ou humaine. C'est l'enfance quand elle est heureuse. Comment définir l'enfance heureuse? *Le cri entraîne la mère.*

Les pleurs stridents du nourrisson convoquent le sein qui se glisse entre les lèvres qui l'aspirent.

Écrire c'est encore appeler dans ce sens où l'appeler-silencieux-pur fait venir du maternel perdu-pur.

*

Le temps n'existe pas mais le passé existe : il vient de la reproduction sexuelle qui détermine la succession des générations par leur disparition dans la mort. L'aïeul précède le passé.

*

Le temps ancien, dans les sociétés anciennes, est défini comme le temps du rêve. Dans le temps du rêve *les bêtes tuées reviennent,* leur mise à mort revient, leur partage et la manducation à laquelle leur sacrifice aboutit reviennent, les banquets d'autrefois, les chasseurs morts depuis, les souvenirs de leurs chasses reviennent.

Le temps ancien se divise en naguère et en jadis. Le passé rassemble tout ce qui eut lieu autrefois dans l'expérience de l'homme qui rêve.

La nature c'est le temps ancien comme jadis. (La genèse, les animaux, l'être, le sauvage.)

On peut opposer aussi le prédiluvien (les époques glaciaires) et le postdiluvien : la remontée des eaux lors du si brusque réchauffement de − 12 700.

*

À Sumer, le dieu Anzou, l'oiseau-tempête à tête de lion, vole la tablette des destins au dieu Enlil. Le héros Ninourta cherche à tuer le dieu Anzou avec son arc afin de lui reprendre la tablette.

Or, la flèche de roseau ne touche pas le corps du dieu Anzou.

La flèche revient en arrière.

Le dieu Anzou a dit à la flèche qui s'approchait de lui :

— Roseau qui viens vers moi, retourne à ta cannaie. Forme imaginée de l'arc, retourne à ta forêt. Corde, retourne au ventre du mouton. Pennes, retournez aux oiseaux.

La magie exercée par les lettrés sumériens

consistait à renvoyer à leurs éléments tous les artifices culturels.

De la même façon que le chaman-guérisseur renvoyait à leur monde les maux.

De la même façon les dieux peuvent dissoudre dans l'avant-naissance les êtres qui sont nés.

Telle est la mort aux yeux des anciens Sumériens : elle est le retour aux éléments. La molécule se redécompose dans son jadis atomique.

L'étymologie est l'art qui permet aux littéraires (aux spécialistes des lettres) de dissoudre les êtres dans leurs éléments.

*

À Thèbes, auprès du tombeau de Sémélé, un fils naturel réclame au foudroiement.

La forêt réclame à la cité, à ses greniers, à ses lances, à ses temples, à ses navires.

Les bêtes réclament à l'animal qui les chassa de la vie en les consommant, qui les chassa de leur domination en volant leurs ruses, leurs peaux, leurs fourrures, leurs plumes, leurs dents, leurs bois, qui les chassa toutes du Jardin en parlant, qui en domestiqua une large fraction et la parqua dans les premiers bourgs.

La nature réclame à l'humanité sa terre.

*

Au début du XXᵉ siècle sir John Marshall fouilla les cités de Mohenjodaro et de Harappa. Il exhuma une multitude de cachets à scènes rétrospectives. L'écriture qu'il exhuma faisait intervenir quatre cents signes qui sont toujours indéchiffrés.

À la fin du XXᵉ siècle Jean Clottes, repoussant la portière de sa voiture, me montrant la vaste et sombre bouche de la grotte du Mas-d'Azil, étendant sa main, s'écria :

— Les déblais du siècle dernier !

Voici ce que voulait dire le préhistorien : les vestiges, bien sûr paléolithiques, avaient été dispersés en aval de la rivière lors de la construction de la route à la fin du siècle dernier.

Les gravures sur les os furent perdues à jamais sans même qu'elles aient été peut-être entraperçues par les cantonniers qui les anéantirent.

Je notai sur-le-champ, au Mas-d'Azil, sous la voûte au-dessus de la rivière, cette expression si singulière pour peu qu'on veuille signifier l'identité dans la destruction de la source elle-même en nous.

Tous les hommes sont « les déblais du siècle dernier ».

# CHAPITRE LIV

## *Les animaux*

Loin dans l'espace, vieux dans le temps, le contexte des fictions, étant nécessairement une interrogation sur l'origine, se situe dans l'autre lieu, l'autre temps, le hors frontière, le *saltus* au-delà du *limes*, le lointain, la terre sauvage, le passé violent, imprévisible, jamais connu, toujours achrone.

L'inconnu se voue à l'inconnu, où l'on ramasse d'étranges rituels, qui font la matière du récit qu'on rapporte avec eux.

Manière noire, brouette à pastels, fresques à azulejos, septième corde, voilà ce que j'aurai ramené de l'autre monde.

Toujours l'arrière-fond, étant originaire, est maternel (la maîtresse des animaux, la nature, la violence, la nuit). Toujours le héros est un gendre possible.

Trois intrigues temporelles récurrentes concourent dans toute histoire humaine : 1. la renaissance comme changement de saison (le gendre tue le beau-père, le jeune tue le vieux, le printemps tue l'hiver, succession royale frazérienne) ; 2. la renaissance comme seconde naissance (le gendre est initié dans la forêt au cours de trois épreuves périlleuses, initiation pubertaire) ; 3. la renaissance comme victoire contre la mort (le héros, après un long voyage chez les morts, revient chez les vivants, *nekkhuia*).

\*

Même le christianisme n'a pas désagencé les contes. Jadis qui ne peut jamais vieillir. Jadis qui est le Jeune par excellence sous le regard maternel (le jeune futur gendre, le futur futur, le fils vengeur après le dol ou le dam, le chevalier au gant ou à la lance). L'inertie morphologique du récit par trois précède l'histoire qu'elle modèle. Tous les contes de quelque époque qu'ils soient réfèrent à un printemps qui fait défaut, à une société matrilinéaire mythique, à un univers paléolithique où hommes et animaux forment le couple de fond, chaque groupe s'auto-divisant en solitaires et en grégaires.

\*

Dans les mythes les plus anciens la rétrospection est interdite sous peine de mort du regardé. Il ne faut pas qu'au solstice le soleil regarde en arrière. On ne va pas retourner en direction de la mort. On ne va pas rétrocéder dans l'hiver qui précède. Il faut avancer de nouveau vers le printemps tête baissée.

C'est la tête délicate et merveilleuse du faon du Mas-d'Azil.

*Rückblick.*

L'idée qui traversait l'œuvre de Müller traversa celle de Schubert : L'idée de bonheur appartient au regard en arrière.

L'obsession de l'amour passé passant insensiblement à l'invasion de l'amour du passé.

Wilhelm Müller est mort à Dessau le 30 septembre 1827. J'aimai Fräulein Cäcilia Müller. Müller ne sut rien de la mise en musique par Schubert de son *Voyage d'hiver.*

★

Müller : Où trouver l'herbe verte ?
Dans le monde des souvenirs.
Si mon cœur est du sang qui coule
tout ce qui coule est mon visage.

Tout le *Voyage d'hiver* n'est qu'un songe de printemps.

Le temps soudain dégèle. La nature n'est plus que joie ruisselante. Sources et montagnes sont le temps dégelé. Fonte du passé est le temps. Ruissellement du jadis est le printemps.

*

Le malheur est distinct du désespoir.

Le malheur consiste en la croyance au présent. Le malheureux est le corps qui exclut que tout passé puisse l'affecter. La dépression, l'*acedia* redoutent de façon panique le passé resurgissant ici comme un fauve qui dévore. Le déprimé prétend vivre dans l'instant. Tout souvenir doit être évité. Il émeut trop. Toute rétrospection est fuie.

Le signe de la déréliction est l'impossibilité de souffrir le passé parce que *la possibilité du bonheur tisse un lien puissant avec jadis.*

*

Qu'est-ce que l'invention de la psychanalyse à la fin de l'empire d'Autriche? Une *passion du passage du passé* consumée sous forme de langage.

*

La passion du passé a tant de puissance sur l'âme que les Juifs, quand ils étaient à errer sans fin dans le désert, ne pouvaient apprécier le pain des anges qui tombait du ciel.

Ils boudaient la manne qui avait pourtant l'aptitude miraculeuse de s'adapter au goût de chacun.

Ils regrettaient les aliments qu'ils avaient mangés en Égypte alors qu'ils étaient esclaves.

★

Pour les Akkadiens l'avenir était situé derrière l'homme. Ce qui est devant les yeux est le passé. Ce qui se tient derrière le dos de l'homme, ce sont les problèmes à venir qui vont affluer comme une vague, comme un fauve, comme une crue, comme une poussée. Le demi-tour sur place consiste à placer tout ce qu'on a vécu derrière soi : les parents, les maîtres, les terrifiants, etc.

★

Marcel Granet jouant avec le mot grec de *meta-odos* (après-chemin) disait que tous ceux qui parlaient de méthode *baratinaient* dans l'après coup.

La méthode est le chemin après qu'on l'a parcouru.

Chemin-après est chemin-de-retour.

Il faut ajouter : Le chemin de retour est le chemin de l'aller devenant trace *une fois latéralisé à gauche*.

★

Les animaux aussi, du moins tous les vivipares, ont ce premier monde perdu au fond
d'eux-mêmes dont la trace vide les affecte. Qui
les entraîne à la mélancolie. Qui revient dans
leurs songes. Qui se renonce dans leurs soupirs
immenses.

\*

Dans les grottes de la préhistoire les bêtes
dont la silhouette est peinte ne sont pas celles qui
étaient là. Ne sont pas les quotidiennes (les
rennes, les chiens). Dans le mystère de l'eucha-
ristie chez les Chrétiens dans le pain qui est là,
ce n'est pas le pain ; dans le vin qui est là ce
n'est pas le vin. C'est de la chair humaine et du
sang qui les hantent. Le perdu ramène sans fin
avec lui la prédation violente, imitée, coupable,
impardonnable, la vieille chasse originaire.
Partout c'est du fauve mort qui est consommé à
plusieurs.

# CHAPITRE LV

## *Sur la force*

Sur Sémélé la Foudroyée de Zeus.

Sémélé est la mère de Dionysos le Sauvage.

Dionysos est l'Inéducable, le Jadis, Maître du vin lui-même fils de l'Éclair.

Tous les psychotropes s'attirent entre eux.

Les flashes forment un troupeau que mène la fulguration.

★

En latin *vis, virtus, violentia* sont le même. Dans la *vis*, la force et le jaillissement sont mêlés. *Vis est pulsio.* Excréments, souillures ont une merveilleuse puissance génétique car ils sont jaillissants comme la vie qu'ils prouvent. Enfant, matière fécale, urine, vomi, sperme, larmes jaillissent du corps comme des naissances.

★

Dans la *vis*, le rire et la force sont liés : Le rire est ouverture. Ouverture qui ouvre les ouvertures.

Les humains *pissent de rire*.

Le rire fait sortir de la caverne du corps une espèce de soleil ou de force qui éclate.

Faire sortir le soleil de sa caverne dans les mythes sibériens, dans les mythes américains, faire sortir l'ours Printemps de sa caverne européenne — où il hiberne et hiverne dans son ossuaire, entouré de ses griffures sur les parois.

★

Izanagi étreignit Izanami et son étreinte donna naissance aux îles du Japon.

Puis Izanagi étreignit Izanami et son étreinte donna naissance à Amaterasu le Soleil.

Puis Izanagi étreignit Izanami et son étreinte donna naissance à Kagutsuchi le Feu. Or le feu brûla la vulve de sa mère en en franchissant les lèvres et Izanami mourut quand elle mit Kagutsuchi au monde. Izanagi fou de douleur tua son fils Kagutsuchi et descendit au royaume des ténèbres pour y rechercher Izanami. Mais en remontant des enfers Izanagi se retourna et fut saisi d'effroi devant le spectacle de la mort sur le visage d'Izanami.

Il abandonna aussitôt son épouse. Il fuit. Et il boucha l'entrée des enfers pour que son épouse ne vînt pas le rejoindre dans le dernier royaume.

Amaterasu, la fille Soleil, fille d'Izanami et d'Izanagi, sœur aînée du feu, se réfugia dans une grotte.

Alors la terre ne fut plus éclairée.

Tous les kami du ciel se rassemblèrent devant l'entrée de la grotte où s'était réfugiée la femme soleil pour l'en faire sortir. Ils dansèrent devant l'entrée.

Ils dansèrent, des années durant, sans que le soleil sortît.

Un jour, Ame no Uzume dévoila ses parties en dansant. Tous rirent. Amaterasu voulut voir quelle pouvait être la cause de ce fou rire ; elle sortit, vit la danse obscène que faisait Ame no Uzume avec sa vulve, rit, éclata de rires-rayons, illumina.

★

Ame no Uzume est Baubô.

La *vis* ne recèle que la *violentia* sexuelle.

Violence colérique et décharge de rire alternent rythmiquement. Elles ponctuent l'univers : jadis et généalogie, source et femme, volcan et grotte.

Colère est l'ancien nom du coït et rappelle la faim hivernale, gigantesque, monstrueuse, où rôde un *alter* blessé à mort.

Dans le rire persiste l'hémorragie intarissable de la naissance. C'est la femme à tête de bison au bout du pic de la grotte Chauvet.

Hémorragie qu'on voit dans la scène du puits de la grotte de Lascaux à Montignac.

Bison blessé, le ventre ouvert, hémorragique, solaire, retournant sa tête.

Turgescence du chasseur. Saillie dans la nuit de la grotte comme l'érection signe le rêve. Saillie du premier signe dans le premier homme tué. Le Sacrifié. Le Mort. Le Dieu. Le Crucifié.

Marc Aurèle a écrit : Le soleil se répand partout mais ne tarit jamais.

Parturition, explosion sanglante, aube, fièvre, hémorragie, épanchement, éclatement est la plus ancienne figure du temps.

Eaux avant les eaux.

Vieux déluge d'avant les terres émergées, les forêts et les fleuves.

# CHAPITRE LVI

## *Passage de l'impensable*

À la fin des tragédies de l'ancienne Grèce le maître du chœur répète la formule rituelle : À l'inattendu les dieux livrent passage.

La formule sous-entend qu'il y a un passage (*poros*) pour l'impensable (*adokéton*).

Tel est l'être du temps que contemplent les citoyens-spectateurs venus s'asseoir en demi-cercle aux premiers jours du printemps avant de sacrifier le Bouc de la mue saisonnière.

Il y a un passage pour l'aporie.

Les dieux accomplissent les événements que les hommes ne prévoient pas. Le temps n'est pas du côté des hommes mais du côté du surgissement.

Jaillir déroutant.

Passage de l'impensable.

Les sociétés humaines ne parviennent pas toujours à assurer le retour de l'attendu. Les dieux sont encore plus polymorphes que les saisons. L'avenir est ignoré. Seuls les dieux dans leur sans fond (abîme), dans leur sans limites (aoriste), dans leur sans-visible (Hadès), achèvent le soudain.

*

On dit que dans les sociétés simiomorphes les tombeaux ont précédé le stade Sapiens Sapiens.

Comment se fabriqua un ancêtre.

Neandertalis comme Sapiens Sapiens inhumèrent leurs morts.

Ils inventèrent un *au-delà* à côté du *là* du milieu biologique. De cet au-delà du « là », les inhumations, puis les pierres, puis les *agalma* et les rites funéraires sont les témoins. Ils instituèrent des fêtes pour imposer le bonheur (ou du moins l'absence de ressentiment) à cet autre lieu où sont logés les uns après les autres tous les ancêtres des vivants.

Paradoxalement, mais inévitablement, en inventant cet au-delà, ils donnèrent naissance à un en deçà de la vie des vivants : un jadis où ils prennent leur figure, leur nom, leur langue, leurs couleurs, leurs vêtements, leurs mœurs.

La mort chez les hommes consiste à transformer les défunts en ancêtres. À modifier les cadavres en habitants d'un autre monde. À immobiliser ceux qui peuvent revenir dans les rêves dans un endroit d'où ils ne puissent ressortir aisément ou qu'ils n'aient ni besoin ni envie de quitter. À transformer le Perdu en Origine.

La société recycle l'identité sociale dont le suppôt charnel s'efface. Traits, prénoms, manies circulent en boucle. La société ne meurt pas. Se protéger en aval et s'enraciner en amont sont le même.

Exclu comme cadavre le défunt est fabriqué en ancêtre par les dons et l'offrande symbolisante des nouveau-nés. En ce sens l'ancêtre est le contraire du cadavre. Par les rites de la mort les hommes métamorphosent l'Après en Avant et l'Avant en Avent.

*

Le passé est un immense corps dont le présent est l'œil droit. Mais l'œil gauche ?

Que voit l'œil gauche ?

Les pierres sardes et corses font alterner sur la même pierre polie œil ouvert et œil fermé, et, dans leur forme, *vulva* et *fascinus*.

L'univers fonctionne par deux, qui est la même chose que la répétition. Le noyau du fonctionnement astral, matériel, vital est répétitif. *Bis* est son secret.

*

Ni une ni trois les têtes humaines. Toute monnaie a sa pile ou sa face. Toute montagne deux versants.

*

Les annales hittites intitulées *Récits concernant la cité de Zalpa* commencent par l'exposition de trente filles disposées dans des corbeilles sur l'eau du fleuve.

Les dieux les sauvent.

Elles se rendent à Tamarmara pour remercier les dieux.

Mais sur le chemin, à Nesha, les trente fils ne reconnaissent pas dans les trente femmes leurs sœurs et s'accouplent avec elles sur l'ordre de leur mère qui ne reconnaît ni les uns ni les autres. Ils engendrent les mois, les jours, les nuits.

*

On voit dans le palais du Louvre un reste du palais de Sargon. C'est une grande pierre noire sur laquelle le roi Sargon est sculpté en relief en train d'offrir un bouquetin et une fleur de lotus.

Il y a deux modes d'appropriation du milieu dans lequel nous surgissons. Le jadis est soit chassé soit cueilli. On sacrifie aussi bien le chassé que le cueilli qui ont été arrachés l'un et l'autre à la nature afin qu'elle les renouvelle annuellement. Ce sacrifice contraint la nature au contre-don plus généreux. C'est la fonction royale : garde-chasse et horticulteur (zoophile et phanérogame).

En Inde ancienne les fleurs coupées faisaient office de substituts aux bêtes tuées quand ces dernières avaient été introuvables lors de la chasse royale (quand le jadis avait été trop sauvage pour se laisser prendre).

Les fleurs sur leurs branches ne sont pas plus saisonnières que les petits des fauves. L'horloge qu'elles forment à nos yeux est simplement plus régulière et moins mobile.

*

Avec l'humanité la vie ne recula pas devant la nature, le milieu, la météorologie, les astres, mais elle céda le pas devant le perdu, les délires, les songes, les fantasmes, les reflets, les symétries, les fantômes, les mots, toutes les hallucinations de la pensée.

C'est pourquoi avec l'humanité et sa névrose déchirante et bavarde l'avenir prit de plus en plus constamment l'apparence du passé.

*

Une espèce droguée fonce vers le plus fort de ce qu'elle a éprouvé. Vers le plus violent, le plus intense, le plus sanglant, le plus hallucinant de ce qui a excité son commencement.

Issa disait du printemps : L'escargot tord son corps pour regarder sa trace.

*

Un cercle de trois cents stalactites et stalag-mites brisés date de – 47 000.

Bêtes qui se mordent la queue.

Faire revenir l'amont, le temps fort, le *primum tempus*, la sève, les croîts, les petits, les migrants, les oiseaux, les fleurs, le soleil, les saumons, les fauves.

*

La sensation de revenir, de reconnaissance, d'évidence, la sensation de brûler, la sensation de familiarité, l'assurance inexplicable, le sentiment océanique, l'impression de déjà vécu, de déjà vu, de déjà connu, toutes les petites transes sponta-nées qui envahissent le corps avec tant d'exulta-tion conduisent dans le même temps à une lisière d'angoisse. *Limes* où la toute-puissance affronte l'angoisse. Nous avons raison de craindre de ne pas être maîtres de ce qui se passe ; nous sommes fous de croire que nous le sommes jamais ; nous errons entre les deux pôles du temps ; nous sommes comme les cerfs-volants ou les yo-yo que les enfants font flotter entre ciel et terre ; entre endo et exo ; entre mer et terre.

Comme le ressac.

On n'est jamais sûr de revenir. Mais ce qui revient en nous dans ces impressions n'est rien qui puisse dérouter entièrement car cela s'est produit ; c'est le passé pur qui lance sa vague ; c'est le jadis ; le passé avant la mémoire ; la plénitude océanique, aoristique, aporétique, abyssale, sans limites, d'avant que nous soyons séparés, que l'objet se soit perdu, que nous soyons devenus sexués et respirants.

\*

Le maximum d'imprévisibilité qu'on peut espérer de l'avenir consiste en une réverbération active du passé. Une dé-rétro-activation de l'action. Non pas une anticipation (qui est le passé qui bondit dans la répétition programmée par accoutumance ou par apprentissage).

Non pas progrédience (qui est jaillissement ou bondissement). Non pas progrès, progressivité (qui est une capitalisation du passé).

Une dérégression. Voilà ce qui est *plus imprévisible que le progrès.*

Il faut jouer avec la répétition, faute de s'exempter de la vie. Il faut jouer avec la vie impulsante, qui ne fait que répéter de façon involontaire. Qui réassaille de façon aussi involontaire que la pulsation cardiaque. De façon aussi involontaire que la respiration pulmonaire.

★

Une haine ardente et dissimulée fait la compagnie des hommes. Elle fonde la vie sociale, la parsemant de surprises. Elle l'accomplit dans la guerre civile cyclique. L'histoire humaine n'est pas linéaire. Le temps des sociétés animales, puis des sociétés animales domestiquées, c'est-à-dire le temps néolithique qui devint peu à peu temps historique, est saisonnier, circulaire, agricole, festif, fidèle, anneau annuel. La société, dans les sociétés les plus développées, continue à être *annus, circulus, circulus Vitiosus.*

Le *regressus* qui la fascine et qui la damne gît en ce point.

Cercle vicieux est l'Histoire.

Les sociétés humaines insensiblement dérivées des sociétés animales sont vouées à un cycle de prédation et d'hivernage — de guerre et de répit — de plus en plus désaccordé à la temporalité linguistique, technique, mathématique, industrielle, financière, linéaire dans laquelle l'humanité croit se reconnaître, mais qui déploie un rythme dans lequel elle ne vit pas.

# CHAPITRE LVII

## *La peur de l'aïeule*

La peur des souris est la peur de l'aïeule. Il y a 4 500 espèces de mammifères.

La forme ancestrale des mammifères est une sorte de musaraigne qui vivait à l'éocène.

Tous les porteurs de mamelles dérivent d'une sorte de rat insectivore minuscule qui fait hurler comme le surgissement d'une sorcière ou l'apparition d'un fantôme.

Nous hurlons devant l'aïeule.

# CHAPITRE LVIII

Tout ce qui paraît sans retour, quittant l'astre de la menace, paraît sans danger. Mais quand le retour surgit, on est dévasté en un instant. Ce qui n'est plus est du néant et néanmoins ce reflux sur nous que rien ne préparait vient sur nous avec la violence d'un cyclone.

Et on se trouve nu au fond de l'abîme alors que rien n'a surgi dans le réel que le temps invisible.

# CHAPITRE LIX

## Orphée (1) fils d'Œagre

Orphée fils d'Œagre était chanteur. Il ajouta deux cordes à la lyre. Sa femme mourut sur une rive couverte d'arbres. Il passa deux roches. Il descendit aux enfers pour l'y chercher. Elle s'appelait Eurydice.

Il chanta.

Entendant son chant, Hadès et Perséphone se mirent à pleurer.

En larmes, ils consentirent au retour de son épouse sur la terre. Ils y mirent une seule condition : qu'il ne jetât pas un regard en arrière (*ne flectat retro*) avant qu'il eût quitté leur royaume et avant qu'il eût regagné les vallées de l'Averne.

## CHAPITRE LX

### *Orphée (2) aornos*

Comme Izanagi, Orphée se retourna.

*Et nunc manet in te...* Et maintenant que reste en toi,

Orphée, la tristesse de t'être retourné...

*Orpheus pœna respectus...*

Oh! *peine du respect* qui n'est qu'un retour de l'âme en direction de la mort.

\*

Pour chercher Eurydice aux Enfers, Orphée pénétra par la passe Aornas.

*A-ornos*, en Grèce, à la frontière de la vie, désigne le lieu déserté par les oiseaux.

Les souffles (*psychai*) en Grèce étaient conçus comme des oiseaux.

\*

Le petit Patrick Branwell Brontë a écrit en 1826 : Le mont Aornos est notre Olympe. C'est la demeure des Génies et des Seigneurs du Jimmel Cumrii.

# CHAPITRE LXI

## *Orphée (3) recapitulatio*

Règne : animal.
Embranchement : vertébré.
Classe : mammifère.
Ordre : primate.
Sous-ordre : simiens.
Famille : hominidé.
Genre : homo.
Espèce : homo sapiens Linné.
Sous-espèce : homo sapiens sapiens.
Subjectivité : néant.

\*

La biosphère est un immense arbre qui semble mort parce que les branches mortes y sont beaucoup plus nombreuses que les quelques rameaux vivants.

Les moineaux, les crevettes, le cristal, les hommes sont les rares survivants d'une aventure commencée à l'aube des aubes sur le monde et qui est loin de toucher au soleil de midi.

★

Trois à quatre millions d'années séparent la lente émergence des hommes du brusque jaillissement des œuvres d'art. Les Archanthropiens enterrèrent, soignèrent, ocrèrent, fleurirent leurs morts durant 350 000 ans.

Il est difficile de distinguer entre invention de la mort et invention de l'imaginaire.

Les anciens Romains appelèrent les crânes de leurs morts *imagines*.

Les animaux homéothermes rêvent.

Ils hallucinent ce qui manque.

Les hommes rêvent moins que les tigres.

Autant que les oiseaux.

La pénombre utérine précède la lumière atmosphérique aérienne.

Elle précède son opposition linguistique à la nuit céleste qui en marque les temps.

Il y a un « Il y a » qui se précède dans la non-visibilité originaire.

Deux sources de l'invisible : 1. C'est le sexuel qui sécrète l'invisible chez les vivipares. 2. C'est le langage qui sécrète l'invisible chez les humains (tout ce qui peut être dit dans le langage est émancipé de ce qui peut être synchrone).

189

Le rêve involontaire figure l'infigurable puis l'absent.

La langue naturelle représente l'absent puis transporte tout le figurable dans l'infigurable.

★

La moelle préférée des vautours devenu le mets préféré des hommes.

Le miel préféré des ours devenu le mets préféré des hommes.

Avant le naguère du temps humain parlant, jadis, les grottes étaient d'abord les repaires des fauves les plus redoutables. Les grands félins y gîtaient. Les ours y hibernaient. C'étaient les modèles et c'étaient les aïeux. Ils figurent au nombre des représentés sur les parois des grottes comme les hôtes eux-mêmes de l'autre monde qu'ils préoccupent et défendent.

Les rêves n'oublient pas les animaux.

Ils y sont plus nombreux que dans le cours et le champ ordinaires de nos vies.

Il y a un jadis plus puissant que le passé que le langage et la mémoire mettent à disposition.

★

Buffon a écrit : Les bêtes sont sans signes qui nous soient accessibles. Leur regard reste pour nous un langage indéchiffrable. On peut seulement imaginer que leur silence, ce silence que rien n'est venu rompre que leur cri, traduit la *stupeur de tous les sens dès l'instant où ils sont déroutés*.

★

La chasse comme prédation imitée commença il y a 1 600 000 ans.

L'homme devint omnivore parce qu'il fut prédateur des prédations. *Praedator* c'est-à-dire *imitator* étrange où l'identité s'oublie dans le transfert des charognards, sous la peau, les bois, les plumes. La charognerie n'est guère figurée : aigles, loups, chiens, renards, sangliers ni l'homme lui-même ne surgissent beaucoup sur les parois. Les quasi soi sont les presque absents des images.

★

Ce que je nomme le passé est plus bref que le jadis.

Le passé n'est qu'humain.

Errance qui s'égare vers – 1 million d'années pour la sous-espèce à peau nue.

La charognerie à la façon des oiseaux et à l'imitation des hyènes vers – 800 000.

La carnivorie feinte et la chasse collective vers – 500 000.

Le feu – 100 000 et la lumière viagère, l'exploration des grottes, le passage à pied du détroit de

Béring, les tombeaux, les langues, les mariages, les dons, les circuits, les sculptures, les peintures.

La sédentarité agricole et les greniers datent de – 9 000, les greniers entraînant les cités, suscitant les envies et les vols, déchaînant les guerres, les rois, les computs, les écritures.

★

Nous ne saurons jamais quand commença la perpétuation du nom du mort dans le corps du nouveau-né. Le transfert de l'identité, le déménagement du nom, la *phora,* la *meta-phora* des qualités et du signe de l'aïeul dont le nouveau-né est censé être le portrait craché séminal et généalogique.

En – 13 000 la dernière glaciation prit fin.

L'invention sépulcrale commença. Les hommes s'immiscèrent dans le monde des ours, les dépossédant de leurs couveuses à petits, de leurs marmites à printemps.

Grottes souterraines sans jour, nuits qui ne connaissent pas le retour du soleil, hors du temps externe.

Cavernes où le *temps ancien habitait,* d'où les glaciers s'étaient retirés en faisant ruisseler les sources.

Hors temps d'avant le temps, poche vivipare et source, avant-temps antésolaire.

Les hommes définirent les ours de l'ère glaciaire comme hommes d'avant. Géants maîtres des ossuaires, des griffures pariétales, du miel, du printemps, des sources, de la pêche aux saumons, etc.

En – 12 700 la température moyenne estivale augmenta brusquement de 15 degrés.

Les forêts s'élevèrent. L'Europe se boisa de bouleaux. Puis se boisa de pins. Cerfs, aurochs, bisons apparurent. En – 9 000 les chênes surgissent, les ormes, les noisetiers, les cités. Çatal Höyük en – 6 000 comptait mille maisons où logeaient cinq mille personnes ; dans chaque maison la chambre principale était réservée aux tués, cornes et crânes. L'entrée se faisait par le toit. Le niveau des mers (– 130 mètres lors des glaciations) s'éleva au niveau actuel (niveau dit zéro) vers – 4 000. En – 3 500 commencèrent la désertification du Sahara et les temps « modernes » : c'est ce qu'on nomme l'Antiquité. Les temps modernes se définissent par la castration et la domestication,

les chasseurs deviennent des sujets,
les loups des chiens,
les aurochs des bœufs,
les sangliers des porcs.

★

Au paléolithique le peuplement de l'esprit humain était encore fait d'images : L'âme des

193

chasseurs était obsédée de visions oniriques suivies de figurations animales peintes sur les parois des grottes nocturnes.

Au néolithique des voix, dues à l'extension du va-et-vient des signes au sein des groupes qui s'autodomestiquaient à l'instar des plantes, des fleuves, des saisons, des espèces, furent hallucinées à l'image de ces rêves. Des temples de pierre furent élevés pour les abriter. Les langues naturelles pullulèrent.

À la fin des antiquités égyptienne, juive, grecque, romaine, chrétienne, les voix hallucinogènes disparurent. Transes, présages, oracles, sibylles, démons, prophètes s'éloignèrent. La conscience émergea. Les voix perdues furent écrites dans les langues aïeules et furent obéies à partir des codes et des livres. Les derniers dieux dictèrent leurs derniers livres. La subjectivité hallucinogène (le moi est une hallucination interne en écho de l'intériorisation du langage) progressa jusqu'à l'autocontemplation de l'espace intérieur, la gestion individuelle du temps, la culpabilité personnelle, l'aveu.

Soudain la domination des mobiles sur les sédentaires consista dans la hiérarchisation étrange d'hommes armés montés sur leurs chevaux devant des fermiers piétons qui travaillaient le sol de la terre.

Élevage à cheval extrêmement singulier de

l'histoire humaine qui commença à partir de
– 2 800 et prit fin en 1789. En 2001, en Afgha-
nistan, sur le flanc des montagnes, on vit encore
des hommes à cheval qui se battaient contre des
avions.

# CHAPITRE LXII

## *Les sept cercles de Zenchiku*

Quand Zeami mourut, en 1444, Zenchiku se mit à rédiger des *nô* plus sombres que ceux qu'avait composés son beau-père.

Quand Zenchiku mourut, en 1470, il laissa cet écrit : Le cœur des morts nous étrangle. Le langage acquis de nos pères est comme un lierre qui pousse à partir du fond du corps. Sept sont les cercles du monde dans lequels l'humanité revient la nuit tombée et se couche en silence.

La longévité de la roue du ciel qui fait la nuit et le jour ne cesse pas. C'est le premier cercle.

La croissance est l'amorce du mouvement circulaire lui-même. C'est le printemps qui le porte et il est l'origine de tout. Tel est le deuxième cercle qu'arrondissent les ventres, que lèvent les bourgeons qui sourdent.

L'épanouissement, tel est le cercle de l'été qui se gonfle.

Les formes atteignant leur maturité constituent le quatrième cercle. Elles se haussent ou s'évasent dans les récoltes de l'automne. Elles s'accomplissent en ployant les branches, tombant d'elles.

Déclin est le cinquième cercle, faim, attente, image, rêveries, rêves qui creusent le corps et qui croient voir les croîts, les pousses, et qui les hèlent.

En six les cercles autour des feux de l'hiver où les corps se tassent. Cercles où les corps posent leurs genoux; où les fronts touchent le sol; politesses, vénérations, refrains, rondes qui font revenir.

Sept, le cercle, le plus minuscule, le plus bas, qui est à notre origine; la goutte de rosée blanche, pâle, qui gicle, qui retombe, qu'on ne voit déjà plus sur le pantalon de soie ou sur la toison noire et luisante de la femme. Chaque homme est une goutte de semence qui se mêle à l'unique vague du temps jadis qui revient sans finir.

# CHAPITRE LXIII

## *Éos*

Jadis il se trouva qu'Éos inventa les astres.

C'est une main aux doigts encore rouges des chairs des proies qu'elle déchire, puis roses quand elle l'oublie ou qu'elle veut l'oublier, qui ouvre une même porte au fond de l'obscurité des cavernes, qui s'appuie au fond de la nuit.

Un jour cette main surprit un jeune homme en train de dormir alors que son sexe s'érigeait. Elle fut immédiatement envahie par le désir. Elle s'avança et enleva Tithôn qui rêve.

Le temps passa. Tithôn devint Chronos dans le lit de l'Aurore immortellement jeune. Sa barbe blanchissait à toute allure.

Plus tard le Jour naissant porta dans ses bras l'Aïeul sans âge.

Enfin la minuscule aube accroche à une branche du jardin son mari desséché, si faiblement vivant, devenu, à l'intérieur d'une cage, cigale invisible.

★

Un jour, à Troie, alors qu'ils se battaient, l'Aurore perdit son fils Memnon. Elle se rendit sur-le-champ auprès de Zeus. Elle lui dit :

— J'empêcherais la nuit de franchir ses confins si vous ne me consentiez pas pour Memnon un bûcher. Je veux un bûcher dont la fumée sera *aussi noire que la nuit où il va*.

Zeus réfléchit puis il l'accorda. C'est à dater de ce jour que la fumée opaque des crémations des humains obscurcit le jour, interceptant les rayons solaires au lendemain de leur mort.

★

Si l'aurore se souvient des cigales, si elle répand sa rosée devant les hommes qui désirent, la nuit se souvient des libellules.

Les libellules, plus anciennes que les oiseaux, ont vu passer les dinosaures.

# CHAPITRE LXIV

Quand les femmes qu'on aime dorment, les temps sont cessés, l'immémorial revient, quelque chose qui ne connaît pas le temps est tout proche. Quelque chose que nous avons connu nous-mêmes dans la longue nuit — elle-même purement instantanée et actuelle qui précéda le premier jour — se tient auprès de nous, s'entrouvre. Quels sont les songes des époques ? Quand nous voyons un arc, quand nous voyons une viole, quand nous lisons du chinois, du sanskrit, du grec, du latin, — qu'y a-t-il derrière les sons énigmatiques des époques ?

Le même fond murmurant actuel, aussi lointain à chacun, aussi indicible à chacun qu'il lui est sans cesse accessible.

Le même fond de la nuit qui se tient sans faillir derrière les astres.

# CHAPITRE LXV

Le télescope Hale de 5 mètres 08 du mont Palomar est moins puissant que le passé simple. La couleur noire est plus puissante que le temps aoriste.

# CHAPITRE LXVI

L'obscurité du ciel après que le soleil s'est couché manifeste que les étoiles n'ont pas toujours été. Le ciel nocturne dit : L'univers est jeune. Si l'univers est jeune, alors le temps est récent. Le ciel est moins surpeuplé d'astres que la terre d'hommes. Il n'est pas noir de monde.

Il est noir de vide.

La nuit est le fond du ciel.

Aucune des figures qui le peuplent en assemblant des étoiles entre elles arbitrairement ou fantastiquement n'est propre à la nuit.

Ce sont des signes qui furent lus dans le ciel noir, hallucinés sous forme d'images irrésistibles de chasseurs.

Signes de rapaces. Signe de fauves, d'ourses projetés sur le vide noir.

Aussi le jadis se tint-il sur le fond du ciel en deçà du passé.

\*

Dans la Chine ancienne, de même que le souffle anima la terre, de même les livres descendaient dans le monde.

Ce sont des précipitations anachroniques aux lettres noires.

Le monde fut le premier livre.

Le soleil, le premier œil qui le lut.

Puis ce fut la carapace de la tortue qui erra dans les mers en zigzaguant, sans connaître la mort. Les anciens Chinois disaient : La tortue avança la tête dans ce monde

comme le gland désirant hors du fourreau de peau,

comme l'enfant criant hors de la vulve de sa mère.

*

L'originaire est informe.

L'informe primordial vague dans le ciel profond, s'ébat dans l'origine suprême entre les signes différents et indifférents des constellations.

*

Tout ce qui est verbal, linguistique, livresque, narcissique, miroitant, réfléchi, conscient, sera toujours dans une étrange disproportion comparé à la noirceur informe, nocturne, à la pénombre vivipare, — à l'ombre si légère qui longe le bord de la rive

et qui se noie dans l'eau près des orties,

des osiers, des grenouilles, des chaumes.

*

Les mammifères ayant commencé nocturnes, les grottes, les ombres, la nuit les attirent au point qu'ils les rebâtissent, qu'ils se couchent, qu'ils se lovent, qu'ils rêvent.

Une vaste nuit environne toute heure comme le halo la lune.

Chaque lumière suppose cette nuit plus ancienne qu'elle quitte ou déchire.

Dans la première humanité, le temps se compta par nuits. La nouménie (l'absence de tout signe) faisait ses cycles.

*

Au noir vulvaire, puis utérin, puis caverneux s'adjoint le noir de la gorge, puis de l'intestin. Le noir de l'interne. Le noir anal est presque récent. Il est presque déduit.

Le temps comme Heure crépusculaire. L'heure entre chien et loup (entre dents et crocs, où on

204

régresse de l'animal domestique au fauve, de l'animal parleur à l'affamé rêveur).

Où l'homme régresse du Passé au Jadis.

★

Ancienneté équivalait à essence.

Projeter dans le passé équivalait à donner la raison d'être.

*Ab initio* donne l'histoire au temps et par là semble fonder et orienter l'instable, l'informe, le désordonné, le confus, l'inorientable. Pour que le temps ait un sens, il faut inventer l'origine du temps. Pour que l'enfant ait un sens et vive, il lui faut sa mère, puis le père de sa mère, puis le cercle que forment les deux demi-cercles des deux familles, les prénoms et les noms, la langue qui relie tout ce qu'elle distingue.

*In illo tempore* est la couleur de toute histoire.

Couleur nocturne, couleur lunaire, enfin couleur de nouménie (non-couleur ; en l'absence de lune c'est la Perdue qui est vue dans le ciel vide).

L'idée d'origine est une drogue puissante par laquelle les images surgissent dans l'esprit.

Dans toute œuvre d'art véritable, cet éclatement éclate.

Il n'est pas d'aube qui se lève qu'elle ne déchire un fond nocturne.

Tous reviennent en pensant — dans le flash de

205

la noèse elle-même — à la scène originaire, à l'explosion de la semence astrale.

Platon, *Ménexène*, 238 a, a écrit : Ce n'est pas la terre qui a imité la femme dans la grossesse suivie de l'enfantement, mais la femme la terre.

# CHAPITRE LXVII

Il est malaisé de définir la nuit. Peut-être faut-il dire simplement : c'est la terreur des hommes. La peur qui les fit tels, qui les précéda, qu'ils contournèrent dans les rites, qu'ils détournèrent par les contraintes, qu'ils peuplèrent avec des images. Ils n'imaginaient pas : contemplant la nuit ils bouchaient le souvenir du premier monde.

# CHAPITRE LXVIII

## *Cur*

Enfant j'étais souvent dans la lune. Je me retrouvais à genoux sur un coin d'estrade. La lune est le lieu où Jadis nocturne échoue et vient muer. C'est la rêverie sexuelle qui ignore son nom. L'aoriste est une toxine. Le penseur porte dans ses mains, quand elles sont vides, quand elles sont nues, quand il les examine, le pourquoi originaire.

Nous sommes des recrues sans cesse entêtées de causes dont les origines se perdent dans le noir.

J'évoque l'addiction au *cur infantilis*.

La question du point de départ est la question la plus originaire.

Mais en amont de tous les pourquoi, c'est la « question » qui est l'« originarité » même : en amont de l'aube, en amont de la naissance.

Il n'y a rien d'antérieur au commencer comme il n'y a aucune réponse antérieure au questionnement.

Rien ne maîtrise ce qui déchire.

*Origo* est un terme d'astronomie ancienne.

Le latin *origo* vient de *oriri*. *Oriri* exprimait l'astre apparaissant. La langue française dit du soleil : Il se lève à l'horizon. *Oriri* est plus proche de *surgere*.

Le soleil sourd.

C'est l'être comme *ce qui sourd partout*.

Le lieu de *oriri* se nomme l'*orient*.

*

Le vrai questionneur ne cesse d'ouvrir, de faire sourdre, de faire lever, de faire surgir, de déchirer, d'éloigner les deux bords de la plaie, de distendre les deux lèvres de la question, de séparer les deux sexes de la sexuation.

Ne cesse d'écarter les deux pôles de la relation.

Ne cesse de différencier à nouveaux frais, sans fin, sans terme, sans frontière, sans horizon.

*

Jamais il ne faut répondre.

Il y a quelque chose d'inimaginable en dessous de toute image.

Les *substrata* reproduisent ce que nous étions quand nous étions dans le *placenta*.

Une étrange relation.

Prenons des images de l'antéimaginaire du corps impliqué dans l'autre : comme le passionné impliqué dans sa chose. Comme le lecteur impliqué dans sa lecture. La chose dans la mère.

# CHAPITRE LXIX

## *Endymion d'Élide*

Il se trouva qu'Endymion d'Élide s'endormit dans le fossé d'un champ. Il rêva.

Cette fois ce ne fut pas l'aube, ce fut la lune qui vit le sexe dressé, qui le désira, qui s'approcha, qui s'assit sur lui, qui s'emplit de sa joie.

Au terme de la nuit, la lune, le voyant s'éveiller, lui murmura qu'elle lui accordait un vœu. Il dit :

— Une nuit sans fin, sans rêve, sans toi, sous le ciel noir.

\*

Au cours de chaque journée les couleurs et leurs teintes s'usent. Alors elles inventèrent la nuit où elles se fondent et où leurs différences s'effacent pour se réparer jusqu'à l'aube qui sourd et qui les recolore dans son sang.

Comme des blocs de lave solide rebroyés au centre de la terre attendent de recouvrer toute la

violence de leur jadis dans la déflagration rayonnante, surgissante, imprévisible.

★

Au V<sup>e</sup> siècle le baptême des Chrétiens était col-
lectif et annuel. Après quarante jours de jeûne et
de continence il avait lieu durant la nuit de
Pâques, par immersion intégrale des néophytes
dépouillés de tout vêtement.

Les Chrétiens attendirent la fin du Moyen Âge
pour cesser de célébrer les mariages la nuit.

# CHAPITRE LXX

En ce qui concerne la peinture de chevalet on date de 1449 la plus ancienne vanité. Un crâne posé près d'une brique ébréchée.

La lumière est intense, presque lunaire, et semble magique.

Le fond est noir.

Nuit impénétrable à l'arrière du crâne.

La tête de mort est bien ce que les anciens Romains appelaient image.

Cette peinture est due à Rogier Van der Weyden.

Le noir dit la nuit (Rogier Van der Weyden entend par nuit la disparition régulière qui frappe le soleil).

Le crâne dit la mort (Rogier Van der Weyden entend par mort la disparition qui affecte les vivants sexués).

La brique ébréchée dit le temps (Rogier Van der Weyden entend par temps le bris qui est infligé à l'être).

# CHAPITRE LXXI

La nature est moins ancienne que le temps. Elle est le temps se faisant monde à partir de la vie.

Les mythes de la science moderne racontent qu'il y a – 65 millions d'années un incendie s'étendit à une grande partie des terres émergées et provoqua la fin apocalyptique des dinosaures. Une chance *paléontologique* fut offerte aux lémuriens. Être petit, être mobile, être cavernicole furent des chances. Le succès se donna à la fuite. Refuges qui consistèrent d'abord dans les anfractuosités des roches. Nous sommes ceux qui dérivons de ceux qui pouvaient vivre dans la nuit des matrices. Espèce qui aime l'abri des grandes pierres. Nous sommes ces petits des petits des lémuriens minuscules. Tous les mammifères sont des post-lémuriens. Ceux qui sont le panier de leurs œufs. Ceux qui sont les maisons de leurs œufs. Les Uterini. Les habitants des maisons.

★

Le jadis n'est pas le passé. Le jadis est informe, indéfini, infini, immense, aoriste. C'est la nuit des temps.

Nuit veut dire ici milieu non borné sans perception.

Les astrophysiciens définissent les préhistoriens qui sont attachés à voir en direct le passé. La lumière se déplace dans le temps. La perception elle-même est un fossile de tout ce qui est visible. Le télescope remonte le temps et cherche à apercevoir au bout de son verre le passé simple.

Mais leur vision est l'autrefois.

Le ciel que nous contemplons la nuit n'est pas le ciel présent, ni ses astres ne sont actuels, ni ses étoiles ne sont contemporaines. Nous jetons un regard à un ciel qui n'est plus depuis si longtemps : depuis que nous le voyons.

# CHAPITRE LXXII

## *L'assombri*

Il y a quelque chose d'inoxydable dans les contes qui soudain m'attire de plus en plus. Quelque chose qui fait abandonner le roman pour revenir à quelque chose de plus ancien, de moins humain, de plus onirique, de plus naturel, de plus brusque dans la bouche, de plus spontané dans l'âme, de plus passionnant.

Quelque chose d'invieillissable, d'inorientable, de pulsatif, de saccadé, de bref, d'imagé, de résumé, de noir, de dense, de jaillissant, de nourrissant aussi, d'énigmatique.

*

À quel moment l'exo-monde désira-t-il replier ses pattes et se lover dans l'endo-monde ? Pourquoi avons-nous besoin de nous déconnecter du monde atmosphérique de façon si fréquente ? Nous nous enroulons dans l'ancienne pénombre.

Nous forons dans je ne sais quel royaume un espace sans existence où nous allons rêver.

*

La mélatonine, hormone sécrétée par la nuit, est une vieille horloge marquant non seulement l'alternance entre nuit et jour mais celle entre hiver et été, entre coït et reproduction.

*

Le jadis pour chacun de nos corps est situé dans la petite origine fripée qui se cache entre les jambes de chacun.

Le jadis pour le sexuel originaire, c'est ce dont la sexuation dérive, ce dont la scissiparité dérive, ce dont la pulsation dérive, ce dont l'accélération dérive, ce dont l'épanchement dérive, le premier temps dont l'explosion astrale fut le second temps. L'excès erre au fond du monde. Il y a une couleur « foncée », vertigineuse, purement « questionnante », avant le blanc et le noir.

Dans le visage du temps « assombri » il y a un peu du visage divin.

Du visage de nulle part.

Du visage informe.

La nuit sera toujours plus ancienne que l'astre qui l'interrompt.

Il y a un jadis où le passé s'écoule qui ne se trouve pas dans le passé.

# CHAPITRE LXXIII

Anaxagore désigna le ciel comme sa patrie. L'ouranopolite.

Démocrite désigna le *kosmos* comme sa patrie. Le cosmopolite.

Épictète : Tout homme est inexilable. L'apatride, tel est l'homme.

Plutarque : La nuit est le seul horizon que je vois. Notre unique maison est maternelle. Nous péririons si nous la retrouvions. Notre seul pays est le perdu.

# CHAPITRE LXXIV

## *Celui que le temps n'anéantira jamais*

Sans cesse plus immense Celui que ne saura jamais exterminer la course du temps,
lui que le temps accroît,
que n'altère aucune altération,
que l'altérité accroît,
dont rien ne peut détourner la face, la gueule, la gorge béante, le cri effarant, la denture,
les magnifiques colliers d'ivoires, de défenses, de cornes, de bois, de plumes colorées, de dents blanches,
qui s'ouvrent, qui font disparaître, qui broient, qui écrasent, qui dévorent, qui prédigèrent, qui rêvent, qui parlent en rêvant, qui se déploient en images, qui se dressent,
dont le décès est l'accès,
que le néant agrandit,
que la reproduction sexuée agrandit,
que la ruine des cités agrandit,

que les morts individuelles une à une agrandissent,

qui les régurgite sans fin dans les mots des langues des hommes,

ô Passé !

# CHAPITRE LXXV

## *Dieu devenu Passé*

La hantise rétrospective est une curiosité ontologique qui est propre à l'ancienne Europe. L'archéologie est une invention européenne.

La capitalisation des savoirs et des âges, l'étymologie et particulièrement les reconstructions des langues vétéro-européennes, la paléontologie et le darwinisme, la psychanalyse réengloutissant l'homme dans l'évolution zoologique ainsi que dans la poussée phylogénétique ont remanié l'originaire mondial.

Dans les sociétés (plus encore que dans les hommes ou les femmes individuels) le passé tend toujours à refaire surface.

Ce dont toute société a peur (la dissociation du *socius*) est le possible. Ce point hante les *media* collectifs qui entretiennent les refrains dont le chantonnement rassure le groupe et le coalise. L'angoisse de toute communauté est la désintégration de tous les échanges et de tous les marchés, la guerre civile entre toutes les familles, le génocide entre tous les groupes, l'épidémie frappant la reproduction sexuelle-collective, l'apocalypse dans le monde des valeurs et des dieux.

Quant au passé, toutes les sociétés européennes l'approchent soit sous forme de folklore soit sous forme de fossile. Religion catholique, musique classique ou baroque ou renaissante ou médiévale, démocratie athénienne, république romaine, frondes provinciales, pirates des grands chemins, monts, terres, airs, libertinages de boulevard, patois et recettes de cuisine.

La dissociation aborde seulement les frontières qui protégeaient les sociétés anciennes et commencent d'affecter tous ses clivages.

\*

Chaque société humaine s'est dévisagée elle-même jusqu'à ce jour comme reproduction d'elle-même au travers d'un sacrifice. Renaissance de la communauté de chasse à partir d'une mise à mort spectaculaire. L'Histoire n'aime pas l'évolution mais adore la révolution, la Terreur, la répétition de toute expérience plus forte que le présent où la reproduction lui paraît s'affaiblir ou se raréfier. Elle donne toujours la préférence à l'infamie qui a eu lieu sur le quotidien dont les images désespèrent. Elle confond pis et plus intense. Elle est l'autre fois du pire. La passion des sociétés va à ce qu'elles connurent et, dans ce qu'elles connurent, à ce qui les éblouit. À ce qui excita l'humanité et définit à jamais son mode de vie : la prédation à mort, la cruauté imitée des grands fauves.

*

De toutes les bêtes zoologiques les hommes firent un immense massacre tant ils avaient peur de la revanche des fauves dont ils avaient imité les goûts, les apparences, les prédations, les ruses, les saccages.

Tant ils avaient honte de leur origine animale.

Dans certains cas l'extermination fut totale.

Pour la plupart la population a été réduite à des objets de collection ou d'élevage.

L'humanité a retiré de très nombreuses espèces animales aux conditions que la nature imposait à leur destin et par lesquelles la vie les avait suscitées.

# CHAPITRE LXXVI

Louis Cordesse en faisait commerce. C'était mon ami. Il en avait l'œil noir. Il avait l'œil des poissons fossiles pris dans le naphte.

Nageoires, chaîne des vertèbres, osselets de la tête, œil noir qui s'étaient peu à peu minéralisés.

Ces poissons vécurent dans des eaux qui étaient vivantes. C'était bien avant les hommes; bien avant les dinosaures; bien avant les fleurs.

Des crues les asphyxièrent.

Puis le dessèchement les immobilisa dans leur limon.

*

Alors, immobiles, ils nagèrent une autre nage plus mystérieuse. Ils traversèrent la durée.

Leur suaire passera nos os.

*

Les poissons fossiles ont plus contraint le temps que les ruines d'Angkor ou celles de Carthage. C'est du temps qu'on touche.

Nous n'avons pas pétrifié le monde que nous avons contemplé. Ces pierres ou plutôt ces pétrifiés que cherchait à commercialiser Louis afin de continuer à peindre librement consistaient en une substance plus actuelle que les pages qui évoquent Achille ou Gilgamesh ou Anehomoptep.

# CHAPITRE LXXVII

## *Sur la profondeur du temps*

Dieu devint passé.

La profondeur du temps préhistorique est toute neuve.

En 1861 Édouard Lartet parvint à faire admettre à la communauté scientifique que l'homme était antédiluvien. Que le corps actuel de la femme et celui de l'homme étaient contemporains d'espèces animales qui étaient disparues.

Lartet a dit : Nos effrois sont contemporains des ours des cavernes, des mammouths et des aurochs.

Le premier congrès préhistorique s'est tenu à Périgueux en 1906.

L'ampleur du passé est un événement lumineux, volcanique, bouleversant — en tout cas inimaginable pour toute l'espèce humaine durant les cent millénaires qui ont précédé.

\*

Le passé est un événement à certains égards *apocalyptique*.

★

On peut rapporter les découvertes incessantes des grottes anciennes au cours du XXᵉ siècle à la Seconde Guerre mondiale. Lascaux fut découverte le 12 septembre 1940. Il est vrai qu'on trouva dans la seconde moitié du XXᵉ siècle ces grottes à foison parce qu'on les chercha.

On évida l'abîme.

On commença de creuser les falaises et les collines où elles pouvaient être recelées.

Mais il y a là plus qu'une coïncidence étrange.

Une demande rencontrait un don singulier.

Une dés-in-humation méticuleuse *après* tant d'incinération involontaire entre 1933 et 1945.

Une vieille humanité vint surgir de l'humus *après* l'inhumanité.

Une nouvelle époque s'ouvrait où le passé et le temps n'avaient plus le même statut, n'avaient plus la même profondeur, ne représentaient plus le même don.

L'irruption dramatisée du figurable sur les parois nocturnes revint dans notre monde comme la source de toutes les images dominantes puis dévastatrices.

★

À partir du XIVᵉ siècle l'Europe commença de creuser. Elle n'eut de cesse de devenir sa propre antiquité. Ce furent tout d'abord des manuscrits, des médailles, des statues. Puis des cités et des villas enfouies. Des aqueducs et des temples. Puis des pyramides. Les grottes paléolithiques arrivèrent à leur moment sur le site de l'Europe *comme si elles étaient inventées.*

Comme les figures dans les astres.

*

Les bibliothèques et les musées prirent la relève des églises et des palais.

Lieux sacrés où tous les membres d'un groupe se mirent à sacrifier en se taisant autour de quelque chose de ni-retrouvé-ni-perdu (le *fascinus* d'Osiris).

Sociétés de plus en plus religieuses et mythologisantes, s'auto-adorant dans le reflet de leur passé. Troupeaux de moutons, de bêtes à cornes et de rêves circulant sans fin autour de l'enveloppe vide transtemporelle.

*

Le latin ecclésiastique s'épancha sur l'entièreté du monde connu au moment où se firent les grandes découvertes : cela peut provoquer la stupeur.

Stupeur d'autant plus stupéfiante que l'araméen, l'hébreu, le grec avaient tous trois plus de titres à être parlé dans les maisons de Iéshou que la langue des Romains, qui n'était que la langue persécutrice des arcs de triomphe et des croix.

*

Pourquoi les Vikings furent-ils attrapés au collet par le vestige d'une langue morte qui échappait entièrement à leur histoire ?

Les Aztèques se mirent au latin.

Les Chinois ont autant puisé dans les cultures indienne et étrangères que les Japonais ont pillé la civilisation des Coréens et les comptoirs des ports à l'est de la Chine. Le bouddhisme japonais, le bouddhisme chinois, le bouddhisme des Indiens ont si peu à voir entre eux au-delà du nom de Bouddha qui les désigne en gros. Les bandes de singes dites hominidées ont puisé tout leur monde dans l'examen intéressé et inquiet de la prédation animale, stratagèmes, pièges, coutumes, danses, langages, cultures, vêtements. Le premier mode de l'imitation est la fascination dévorante.

Thémistocle se plaignit que le passé ne quittât jamais l'âme.

Un jour, un homme de la cité d'Alexandrie lui

offrit une mnémonique. Il repoussa le tableau avec la main, saisit l'homme par le bras ; il le supplia ; il lui dit :

— Donne-moi un art d'oublier.

L'homme d'Alexandrie ne comprend pas ce qui lui arrive. Il arrache son bras à la main de Thémistocle. Il recule sur l'agora.

Mais Thémistocle s'accroupit alors ; il caresse le sexe de l'Égyptien ; il agrippe les genoux de l'Égyptien ; il supplie :

— Procure-moi un art d'oublier !

*

L'Europe de Charlemagne reprit le thème de la Renaissance aux Romains qui l'avaient eux-mêmes médité alors qu'ils cherchaient à renouveler la confédération des cités des Grecs autour de l'acropole d'Athènes.

L'Europe de Venise et de Florence fit de même.

Charles Quint, François Ier, Napoléon, Mussolini, Hitler le reprirent.

J'oppose l'aire des naissances à l'aire des aurores.

Les populations des Inuits vécurent dans l'inconfort durant des millénaires. On leur demanda, quand on les eut découvertes, pourquoi elles étaient demeurées dans ce froid, dans ces conditions de famine, sur cette espèce de pont de glace plus qu'austère entre Europe et Amérique. Ils dirent :

— Nous avons suivi le soleil. Nous nous sommes arrêtés au lieu de la promesse que sa présence a faite dans le ciel. Nous vivons au centre de la proie de toujours, dans l'aire des aurores, entre les ours et les rennes.

L'aire des aurores, tel est le nom du domaine du passé.

*

Quand Engels et Marx lurent *L'Antiquité de l'homme* de Lyell, ils furent bouleversés. La brusque extension de l'échelle des temps humains les décontenança. Les proportions immenses qui étaient dévolues à la durée humaine permettaient de supposer des mutations très lentes et presque des étapes infinies. La formation du ciel, de la mer, de la terre, le changement des formes et le devenir des espèces ne requéraient plus à leur source de création extérieure. Ni divine. Ni catastrophique.

La *durée temporelle* y pourvoyait.

Le passé était devenu assez vaste pour s'auto-engendrer.

La différenciation à laquelle la sexualité vouait l'espèce humaine. Les croisements et les déplacements qu'elle impliquait, faisaient de l'histoire des hommes une inépuisable métamorphose.

232

Cette métamorphose remaniait sans cesse le fond commun à l'aide d'une altérité qui ne s'abandonnait pas un instant à la paix et qui ne connaissait pas de dessein général.

*

Le passé est un produit délicat, extrêmement frais, fragile, périssable, qui date de la veille, à peine sorti à la surface de ce monde.

Le développement sans précédent de l'archéologie préhistorique et de la recherche anthropologique appelée ethnologie ont rapetissé d'un coup le domaine historique au regard de la profondeur antéhistorique.

Archéologues et ethnologues ont miniaturisé à jamais les cinq civilisations consécutives aux quatre inventions de l'écriture.

Face à la forêt du temps l'histoire humaine a pris l'apparence d'un petit pin bonzaï surveillé par trois ou quatre dieux maniaques.

Le passé est une profondeur où la légende se limite à un cri.

Si on la rapporte à l'expérience humaine, l'ère chrétienne est un cil qui est tombé de l'œil du temps.

*

Jadis soudain immense.

Homo Sapiens Sapiens était une espèce qui vivait entre un advenu bref et un à-venir encore plus court.

Un à-vivre encore plus court que le vécu.

Le passé se partageait dans les deux ou trois générations qui précédaient. Il se limitait aux noms et aux prénoms qui leur avaient été repris. L'avenir, c'était la vie humaine survivante. L'ascendant transmettait si possible la vie et ses biens au descendant qui entretenait l'héritage aïeul et relevait le patronyme. L'objet de la vie était la révolution du révolu : faire revenir les naissances, les noms, les prénoms, les chants, les tâches, les printemps, les recroîts, les dénominations, les prières.

À partir du XIV<sup>e</sup> siècle, en Europe, Homo est passé à un advenu soudain sans dimension — *souvenir immense* — rendu possible par l'invention des référents métriques et techniques du temps.

Advenu immense dans lequel s'entassèrent brusquement les découvertes des sociétés primitives et les civilisations lointaines.

\*

Advenu immense dans lequel l'espèce humaine émietta la position originaire (la porte du jadis dans le ciel) se polarisant à partir d'un présent progressif. Inventant le présent en position de haine du révolu, le présent en position d'avenir exterminateur, le présent en position de crédit, en futurisation de tous les moments (immortalité personnelle, loisirs, vacances annuelles, choix perpétuels).

Deux positions se concurrencèrent : la position jadis, la position crédit (*credo*, croyance).

La société humaine ancienne — qui faisait porter la référence sur le revenir du venu, en position jadis — ne voyait que la décadence en toutes choses. Elle vivait le temps comme ruine de l'originaire. Elle imaginait le jadis comme revenant de plus en plus fantomatique. *Senex* absolu.

Les sociétés monétaires et exploratrices — qui font porter la référence sur le crédit à préserver et sur l'investissement de la croyance aux bénéfices à venir — transforment le réel en réalisation projetée. Elles font supporter tout le travail à la vie future (les prochains voyages, l'ascension familiale, les études des enfants, la capitalisation financière ou immobilière). C'est la position demain absolue ; *puerilitas* absolue.

Sociétés qui ne voient que progrès à faire en toute actualité. Qui s'esclaffent devant le ridicule du passé au sein de toute durée présente.

L'enfance — qui n'existait que très peu dans les sociétés anciennes et seulement sous les modes de l'animalité piaffante, encore sauvage et de la carence linguistique — s'arracha à la répétition de l'ancien et devint la grande divinité familiale.

★

1. L'idée de décadence, l'idée de progrès, sont des croyances religieuses. 2. L'invocation à l'avenir est aussi fastidieuse et vaine que le rappel du passé. Les États vouèrent leurs populations à l'avenir obligatoire par le biais de la scolarité obligatoire asservissant l'enfance à l'obéissance au futur. Haine exterminatrice à l'égard de tout *Ce fut* au sein de Ce qui est.

Assassinat de tout Laïos (de tout roi-père) à chaque carrefour du temps.

Et assassinat de Labdakos dans Laïos.

Et de Polydoros dans Labdakos.

Et de Cadmus dans Polydoros.

Et du Dragon.

Et de la Sphinge.

Âmes mortes vouées au Quand je serai grand.

# CHAPITRE LXXVIII

## *L'oiseau de Tchouang-tseu*

Plus le temps passa, plus le temps s'inscrivit. Plus il devint visible. Alors le temps fut perçu par les hommes parlants comme un étant parmi les êtres.

Soudain, à la mort du Messie, le temps se contracta *comme un tigre qui s'apprête à bondir.* Paul, *Cor.*, I, VII, 29.

Soudain le temps, après les morts du XXᵉ siècle, prit son envergure *comme un aigle qui plane au-dessus de ce qui est.*

C'est l'oiseau de Tchouang-tseu. C'est ce que l'ermite chinois nommait son *imprévisible envergure.*

Pour saint Paul, la fin était à deux doigts du jour qui vient. Il avait l'impression qu'il pouvait toucher de son doigt la fin des temps. On pouvait, en s'agenouillant devant son seigneur, tenir les franges du manteau de l'histoire. Pouvait commencer le mouvement d'apocalypse (le mouvement de dévoilement du voile chronique).

Pour nous, l'apocalypse a eu lieu, le voile s'est levé, le passé a pris son inimaginable hauteur d'abîme.

*Origo ekstatikos* du temps vertigineux.

*

Nous ne ramenons plus le passé à nous comme Altdorfer habillait Alexandre en habits danubiens ou rhénans.

*

Dans la seconde partie du XXᵉ siècle, à l'intérieur du passé, c'est l'altérité du passé qui en vint à être aimée.

Passé devenu *Alter*.

Puis *Alter* devenu *Deus*.

*

Nous sommes voués au passé comme à l'aube, comme aux conditions de la naissance, au regard de la femme qui reproduit tous, au sourire de la mère, au modèle qu'elle indique. Au fond de nous quelque chose qui est eux veut sans cesse plaire à ceux qui nous ont faits. Et eux de même séduisent au-delà de la vie qu'ils ont projetée dans l'existence. C'est ainsi que de grands-pères glissés dans les pères, d'aïeux dans les grands-pères, d'ancêtres dans les aïeux, de regards fascinants dans les ancêtres, le passé cherche à prendre la place du jadis.

*

Autrefois la nature n'aurait pu être dite belle. Durant des dizaines de millénaires elle ne fut pas éprouvée comme belle. Les anciens hommes n'auraient jamais songé à en simuler l'image. Son autorité et son évidence, sa faune terrifiante, sa domination astrale, météorologique, végétale, animale, sa préséance incessante, surpassaient l'idée même de beauté. C'est après que les cités sans nombre ont gagné la terre et ont couvert l'espace disponible d'édifices et de voies de pierres que la beauté naturelle est apparue : quand elle fut perdue.

Quand la perte transforma son visage.

*

À dater du XVIII<sup>e</sup> siècle, de la Terreur, le bourgeois, mais aussi l'aristocrate, mais aussi le riche paysan, firent bâtir du faux traditionnel, du faux classique, du faux pompéien, du faux gothique, du faux rural. Et même le moderne est du faux (du faux provocateur, du neuf non spontané).

Ce que je suis en train d'écrire compte parmi les dernières pattes de mouche, à tomaison intermittente, d'une encyclopédie, elle-même à usage privé.

Un des derniers livres de raison du royaume — à ranger dans le tiroir de droite du buffet d'un vieux lettré qui prit la décision de se perdre dans sa province parce qu'il ne comprenait rien de rien à ce monde.

Être vraiment scientifique, à partir du XXI<sup>e</sup> siècle, ce fut cesser de prétendre au jeu omnivorique originaire (même si l'omnivorie comme la métamorphose persistent à être le fond).

Je fus d'abord étonné de cet état de fait dans toutes les rencontres que je faisais. Partout ma propre curiosité se heurtait à des têtes qui avaient des portes, qui étaient fermées, connaissaient des frontières, qui se multipliaient, se consolidaient, s'emmuraient.

Les spécialisations se sont accrues. Sur un même objet, plus il est précis, plus son champ est limité, plus il se trouve des bibliographies internationales substantielles.

Rien pour la *cura antiqua*.

La science est devenue une figure morale, lointaine, interdictrice, irréelle, plus même consciente de ce qu'elle met au jour. Rien pour les Renaissants du XV<sup>e</sup> siècle. Rien pour les Encyclopédistes du XVIII<sup>e</sup> siècle. Rien pour Dante et rien pour Thomas. Rien pour Vinci. Le savoir est déposé morceau par morceau dans les disques durs des ordinateurs. Ces fragments sont aisément accessibles et communicables mais ils ne se court-circuitent pas plus les uns les autres qu'ils ne s'assemblent dans une migration désirante et ne poursuivent, au sein de leur être particulier, la quête errante elle-même.

# CHAPITRE LXXIX

Quel est l'abîme qui se tient à jamais aux côtés de Pascal ? La Seine vue du haut du pont de Neuilly.

La Seine vue du pont de Neuilly est l'abîme. Voilà la sensibilité baroque.

★

La destruction brutale et totale de la possibilité de l'anthropomorphie, ce furent les libertins, les cartésiens, les spinozistes, le baroque grave, tragique des Français, le baroque extatique, plein de larmes des Anglais.

Mélancolie plus déroutante pour l'Église que le néo-paganisme à la fin de la Renaissance.

★

Quand le duc de La Rochefoucauld revint d'exil et qu'il découvrit le salon de Madame de

Sablé, il y vit tout d'abord le meilleur moyen de se rapprocher de Madame de Longueville et du fils adultérin qu'ils avaient eu ensemble.

Il n'avait pu le voir depuis son exil. Il l'étreignit.

Il revit le visage de cette femme qui avait été son abîme.

Il avait fait de sa souffrance un style.

Il fit de sa sortie d'exil un jeu de petits papiers couverts de confidences, de férocités, de douleurs, de désenchantement.

Y a-t-il une épreuve plus cruelle que les retrouvailles d'un ancien amour ? Les brusques distances qui s'y interposent ? La froideur qui s'y élève ? Ou encore — au cœur même de la politesse — un reste de colère terrible ?

Il découvrit Esprit devenu janséniste à l'instar de son ancienne maîtresse. Il débaucha Esprit auprès de Madame de Longueville. Il se donna à Madame de La Fayette. C'est Madame de Sablé qui lui donna à lire le *Discours des passions* du chevalier Des Cartes.

Madame de Sablé prétendait « fouiller comme avec une lanterne le cœur humain ». La lanterne était la maxime rhétorique que tous s'échangent et que chacun doit parfaire pour aller toujours plus profond dans la noirceur humaine.

Comme s'il y avait un fond.

La Rochefoucauld a écrit à Madame de Sablé : « L'envie de sentences se gagne comme le rhume. »

Violence qui fut *épidémique*.

Qui dure encore.

Gêne persistante à l'égard de cette *fragmentation presque politique*.

Le lien social ensanglanté, l'amour humain comme envie envieuse des envies de tous les autres, la complicité pessimiste, l'émulation noire, la lutte pour pénétrer d'intérêt et de mauvaise foi les sentiments humains assemblèrent Esprit et La Rochefoucauld jusqu'à l'indistinction. Ils s'entendaient à demi-mot. Une fronde sauvage se poursuivait avec des petits bouts de papier violents comme des morceaux de pierre aiguisés.

# CHAPITRE LXXX

## *La modernité*

La notion de *modernitas* apparut au XI$^e$ siècle.

Les *Moderni* s'opposèrent aux *Antiqui* comme les Chrétiens aux Romains.

Considérant la durée de chaque vie humaine comme un stage de douleur entre Éden et Paradis, la vraie vie fut transportée dans le troisième monde. Après les Vieux de l'origine et de la faute, les Actuels représentaient un âge moyen, un Moyen Âge, *media aetas,* avant que renaissent les Renaissants dans la vie future éternelle.

Trois étapes temporelles progressistes, progressivement lumineuses, exterminatrices de tout jadis, définirent alors l'histoire humaine des Chrétiens.

D'abord ténèbre païenne des *Antiqui.*

Clarté incertaine de la vie terrestre des pécheurs tous tentés, à peu près tous relaps, la plupart damnés.

Pleine lumière du paradis céleste pour les saufs.

Au cours du XII<sup>e</sup> siècle, pour la première fois au cours de l'histoire sociale, une distance historique fut ressentie comme abyssale entre les aïeux et les descendants : On avait ramené des mondes byzantins et arabes les manuscrits que les Chrétiens avaient brûlés. Un abîme s'ouvrit entre soi et autre, entre antiques et modernes ; cet abîme sidéra.

Un siècle plus tard, Pétrarque détourna violemment la notion de *media aetas,* l'engouffrant dans cet abîme. Le temps moyen devint décadence obscure, vandale, gothique, chaotique, belliqueuse, hostile auquel il opposa l'origine et sa plus fraîche et plus pure lumière. À la ligne progressiste chrétienne (ténèbres païennes, pénombre terrestre, splendeur paradisiaque) se substitua un cycle : enfance, vieillissement, nouvelle enfance.

Origine, décadence, réenfantement.

Antiquité, Moyen Âge, Renaissance.

La Renaissance fut une conspiration païenne, républicaine, lettrée, livresque. Transmission non plus orale et puérile, mais écrite et légendaire, par exhumation auprès des Arabes et des

Byzantins de ce qui avait réchappé à un anéantissement volontaire et millénaire de la part des
Chrétiens.

La Renaissance italienne au XVᵉ siècle consti-
tua le plus bel instant de cette métamorphose
antityrannique et antichrétienne.

Mais la plus grande époque de la Renaissance
aura été la fin du XXᵉ siècle. Le monde se trouva
accru au début du XXIᵉ siècle d'une durée, d'un
abîme, d'un vertige, d'un savoir, d'un héritage animal, biologique, naturel, céleste à proprement parler inimaginable dans tous les temps historiques.

Le propre du XXᵉ siècle fut la passation du
passé infini.

L'infinitisation du passé dans les inventions de
la préhistoire, de l'ethnologie, de la psychiatrie,
de la biologie s'étendit à l'ensemble du site (la
terre en ruine).

La traduction de presque toutes les langues.

La synopsie et le transport de toutes les
images disponibles.

La thésaurisation de toutes les expériences
sociales encore inventoriables.

En un siècle, dans toutes les sociétés de la
terre ayant survécu dans leurs descendants et
dans leurs langues, elles-mêmes plus ou moins
synchronisées au travers des *media* par lesquels
elles communiquent entre elles, le temps de la
généalogie privée, le temps de l'histoire humaine,
le temps de la chronologie de la nature, le temps

de l'évolution de la vie, le temps de la matière, le temps de la terre, le temps des étoiles, le temps de l'univers ne forment plus qu'un seul bond.

*

Antériorité immense qui aborda *pour la première fois depuis l'origine* l'expérience humaine interne à partir du post-diluvien.

*

Pourquoi le passé sera-t-il toujours plus grand que l'avenir ? La symétrie de l'autre monde s'ajoute à la chaîne dynamique des actes et y joint encore les anneaux mythiques mais spontanés du préoriginaire. Le monde humain (qui n'a que l'enfant pour avenir) installe l'autre monde (le généalogique, le social, le naturel, l'animal, l'originaire, le stellaire, le mythique) en amont de la naissance.

La naissance est la seule dimension archaïque du temps. La seule date par laquelle l'après coup déchirant du temps surgit, opposant au sein du langage le passé invisible (le mort) et l'avenir sans langage (l'enfant). Il n'est d'avenir que renaissant.

# CHAPITRE LXXXI

## *Quintilien le Grammairien*

Il y a une asynchronie du temps comme il y a une asynchronie de la mort.

C'est le mot de Quintilien le Grammairien :

— Tout n'est pas dit.

Il y a dans le langage — qui invente le temps autant qu'il distend le cerveau — une carence qui fait que le dire n'y sera jamais achevé. Il y a dans la capacité humaine de dire (c'est-à-dire dans les inventions à la fois sans volonté et sans nombre des langues naturelles) une puissance expressive et dévastatrice qu'aucun dire résultant de ces langues ne saura accomplir. L'ambition de toute expression dépasse l'exprimé qui précède. Les modernes ont plus de modèles que les anciens. C'est le paradoxe de l'abbé Kenkô. Les plus modernes bénéficient de la plus grande robustesse et de la plus grande chance, eux qui ont le plus de carcasses où charogner.

*

Aux tard venus la profondeur du champ.

Aux tard venus la fragmentation aoristique, aporétique, désorientée du temps.

*

Quintilien le Grammairien citait Euripide : *Mellei, to theion d'esti toiouton phusei.*

Il tarde, car tel est le divin par nature.

L'homme, qui n'est qu'une déduction de la chasse, guette.

Le dieu, qui n'est qu'une déduction du fauve, tarde.

Telle est une des scènes originaires de la structure humaine du temps.

Après coup, retard, re-gard.

*

Quintilien le Grammairien disait qu'il n'y avait point eu dans toute l'histoire des hommes d'époques qui fussent plus heureuses que la sienne, car les dons qu'il recevait du passé étaient les plus surabondants. Il en va de même de mon temps si je le compare à celui de Quintilien le Grammairien et si je puis me comparer à lui. Chaque jour la lumière se fait plus crue mais chaque jour l'âge d'or augmente.

Si une époque se juge aux fruits qu'elle reçoit
des saisons qui la précèdent et du soleil qui s'y
est épandu, chaque saison qui s'ouvre est la plus
belle qui se soit épanouie depuis l'origine du
monde.

Chaque époque est la plus merveilleuse.

Chaque heure la plus profonde.

Chaque livre plus silencieux.

Chaque passé plus profus.

# CHAPITRE LXXXII

L'homme de Tautavel, qui était entré il y a 450 000 ans dans la grotte Caune de l'Arago, en est sorti en 1971.

En raison de l'incommensurabilité des sociétés humaines et des langues naturelles, en nous le passé est sans unité.

En linguistique la zone de la plus grande divergence (de la plus grande dispersivité) est dite la plus ancienne.

L'aire la plus hétérogène est dite originaire.

*

Mesure absurde de l'incommensurable. Certaines roches sur la terre ont *depuis peu* plus de 3,5 milliards d'années. Clarté foudroyante de l'immémorielle multiplicité. Mais l'être ne s'est pas dispensé qu'à nous, étants humains. Peut-être en dehors de nous. L'être a peut-être excommunié l'homme. Au fond du ciel la lumière s'éclaire elle-même *(Ethica*, II, 43). La transparence est telle qu'elle ne laisse pas prise. Incompatibilité des *connaître* et des *être*. Les époques sont des cascades et les ères des changements de lit pour lesquels les fleuves n'ont pas de regard ni les humains de sens. Totale inintelligibilité des différents mondes jamais additionnables dans aucun site temporel. Il nous faut fabriquer des loupes plus puissantes que celles qu'il a polies. L'hébreu a été arraché de ma bouche par la synagogue sous le regard de tous. Je prends option sur une langue morte et me baptise *bene-dictus* vouant ma vie à ce dire. La substance temporelle est *Alteritas* pure. *Evenit* pur. Tout arrive. Dieu : *Asylum ignorantiae*. Pulsion éparse unique traversant toute paroi qui l'aide à apparaître et où elle se retire parce qu'elle tend à s'y confondre dans la lumière elle-même rayonnante. Mais la mort est la preuve que la totalité s'affecte. Que tout se rompt comme sexe ou temps.

*

Il n'y a pas que le savoir qui se soit accru : l'ignoré à proportion.

Toute lumière entoure l'espace qu'elle éclaire de l'ombre qu'elle produit.

*

L'abîme de 1945 dit ceci : L'espèce n'est pas construite comme elle l'avait rêvée ni elle ne s'est bâtie comme elle l'avait simulé.

Il n'y a pas eu de retour d'humanité dans l'humanité car il n'y a pas d'humanité. Rien ne réparera ce qui fut. La justice est incroyable et comique. L'imprescriptibilité est un sarcasme affreux et une injure. Le monde manque de passé à cause de l'histoire. Et il manque de jadis en raison du passé.

★

Modalité mélancolique du XXIe siècle européen, sachant pour la première fois l'humanité non spécifique, le sens construit, la vérité inconnaissable, la nudité irrévélable.

Époque d'une intense merveille en tant que la fouille du plus lointain. Le monde moderne a tort de se plaindre du Sans Réponse qui s'est produit avec lui : c'est sa fête à jamais imprévisible et extraordinaire.

Son silence brusque.

# CHAPITRE LXXXIII

## *Les traces du jadis*

Dans le Japon ancien chaque homme qui avait joui laissait dans la pièce où il avait épanché sa courte semence un présent en guise de souvenir.

Même s'il avait pris son plaisir seul, dans ses doigts, après qu'il avait essuyé les gouttes de sa sève, il laissait dans le lieu, sur le sol, un ruban, une carte, un coupon de tissu, un fruit.

Je songe à un homme extrêmement maigre qui mâchait du bois de réglisse en lisant.

Je vois la robe longue noire sortie pour le deuil qui vient de survenir dans les Ardennes, à la limite de la forêt, à Chooz : dans la cour de devant la cousine Jeanne bat violemment avec le battoir en osier tressé l'étoffe suspendue à la fenêtre ;

la feuille jaune du papyrus qui tombe soudain sur le sol près du piano Pleyel à Sèvres ;

la lune pleine et jaune dans l'insomnie où un jeune homme se promène nu sans finir, de fenêtre en fenêtre, examinant la Seine noire qui coule au bas de l'appartement du quai des Grands-Augustins ;

la voix du cerf provenant de la colline au-dessus des lacs de Boret couverte de brume ;

deux amoureux qui remettent leur culotte et qui se quittent en silence, au bord du gouffre ;

le long de la rive de l'Yonne la barque noire dont le fond est crevé, qui a pris l'eau, attachée à sa chaîne orange d'antirouille, et qui sombre ;

l'absence de cri de la douleur ;

le souvenir nocturne d'un visage mort ;

le visage mouillé d'une jeune Allemande qui pleure.

# CHAPITRE LXXXIV

## *La Jagst*

Il y avait une telle sonorité sur la rivière que j'entendais brusquement les bûcherons, les geais, la charrette du débardeur comme s'ils étaient à mes côtés.

★

Les rayons qui tombent du soleil sont inexplicables. Ils sont à nos propres yeux plus inexplicables que l'eau.

Les rayons du soleil sont beaucoup plus récents que notre propre corps.

Leur violence est merveilleuse. Curieusement leur présence apaise après que nous sommes nés. Mais nous ne les voyons pas : nous sommes éblouis.

Leur consistance, plus impalpable encore que celle de l'eau, est plus étrange qu'elle.

★

Le long des rivières du Siam glissent sur des barques minuscules des moines bouddhiques vêtus de jaune. Leur crâne tondu luit doucement sous la lumière qui tombe du soleil.

# CHAPITRE LXXXV

## *Lire*

À la fin de l'hiver 1945 Mohammed Al el-Sammam sella son cheval et partit chercher de la terre meuble appelée *sabakh*.

Arrivé près de Nag Hammadi, dans le djebel el-Tarif, il mit pied à terre et creusa à la pioche autour d'un énorme rocher.

Quelque chose de creux sonna.

Il mit au jour une haute jarre de terre rouge.

Il leva la pioche, l'abattit sur la jarre, découvrit treize volumes de papyrus reliés de peau. Il remonta à cheval et alla les vendre à Al-Qasr.

# CHAPITRE LXXXVI

## *L'œil ne voit pas dans lire*

*Quod oculus non vidit, nec auris audivit, nec in cor hominis ascendit...*
Ce qui erre sans fin dans l'âme,
ce dont la parole parle sans limites,
ce que l'œil n'a pas vu,
ce que l'oreille n'a pas entendu,
ce qui n'est pas monté du cœur de l'homme envahit.

★

Ce que l'œil n'a pas vu a envahi le cœur à partir de l'homme et de la femme qui le précèdent et qui le firent.

Ce que l'oreille n'a pas entendu questionne sans répondre dans la lanque acquise, inépuisable.

Ce qui n'est pas monté du cœur de l'homme envahit comme un abîme.

## CHAPITRE LXXXVII

### *Chiner*

Aux îles Trobriand la réalité passe pour
vieillarde, termitée, usée, pourrie. Le jadis seul
est jeune. C'est l'origine du don. C'est la naissance de la terre et de la mer. L'âme ancestrale
est mythique et le mythique se prouve par des
traces : paysages que le récit ancien transfigure.
Ces traces — montagnes, sources, grottes,
grèves — ont happé pour toujours l'expérience
humaine qui y revient. Paysages où la magie
opère, où l'âme quitte le corps quand elle les
voit, le corps tombant en silence ou en immobilité ou en extase. Traces vers lesquelles tous
voyagent, tous retournent, tous viennent reconnaître. Traces que l'admiration intensifie.

\*

Nous sommes des éléments de l'univers. Tout
notre corps en est la trace. Et nous multiplions
cette trace en vivant. La nudité de notre corps en

se développant mémorise quelque chose de jadis.

★

La grive de Chateaubriand dans les *Mémoires d'outre-tombe*, qui s'est perchée sur la branche d'un bouleau, est le jadis en personne.

Petit oiseau aïeul, originaire.

C'est l'oiseau sur la perche dans le puits de Lascaux, auprès du bison mort.

★

L'abbé Breuil a compté qu'il avait passé sept cents jours sous terre à relever — exactement de la même façon qu'un moine copiste au Moyen Âge recopiait les traces de l'antiquité biblique au-dessus des traces de l'antiquité romaine — les images qu'avaient inventées les hommes les plus anciens. Il était assis sur des sacs de fougère. Il déroulait des feuilles de papier de riz dont il se servait comme calque. Il se noircissait les narines en respirant la lampe à acétylène que tenait à la main un jeune compagnon à ses côtés.

★

Le temps est un feu dévorant.
*Ignis consumens.*

Dieu est une lampe à acétylène.

Il est possible que la passion pour l'archéologie du docteur Freud passât celle de l'abbé Breuil.

Ils croyaient en une révélation plus ancienne que les livres.

L'Éternel parlait par images et les abbés et les docteurs étaient leurs archivistes.

Ils relevaient les traces d'une *Révélation abyssale*.

*

Je chinai.

*

Nous approfondissons de plus en plus la trace due au passé dans le passé et y dégageons d'étranges orientations ; nous ajoutons de l'énigme. Nous ajoutons de l'imprévisibilité au *Ce fut* de tout ce qui fut.

*

Cicéron perdit sa fille Tullia accouchant à Tusculum. Elle était âgée de trente et un ans. Il faisait froid puisqu'il dit que la neige était tombée sur Tusculum. C'était en février – 45. Tous connaissaient l'affection passionnée que le consul portait à sa fille.

César, Brutus, Lucceius, Dolabella lui écrivirent.

Sulpicius, qui gouvernait alors la Grèce, lui fit parvenir lui aussi une lettre de condoléances qui contient un argument jamais employé jusque-là.

Du moins entièrement nouveau pour le monde étrusco-romain.

Cette première trace mélancolique dans notre civilisation date de − 45.

(La lettre de Servius Sulpicius est datée plus précisément du mois de mai 708 U. C.)

Sulpicius à Cicéron : Il faut que j'ajoute une réflexion qui me consola récemment. Peut-être parviendra-t-elle à diminuer votre affliction. À mon dernier retour d'Italie, alors que je faisais voile d'Égine vers Mégare, je me tenais sur le pont. Je regardais la mer à l'entour. Mégare était devant moi. Égine était derrière. Le Pirée, sur la droite. À gauche, Corinthe. Je me dis à moi-même : Hélas, ces murs protégeaient autrefois des sociétés qui étaient florissantes. Hélas, ce ne sont plus que des ruines qui tombent éparses sur le sol, et qui s'ensevelissent sous elles-mêmes. Hélas, comment avons-nous l'audace de nous plaindre, brusques et chétifs que nous sommes, à la mort d'un des nôtres, nous dont la nature a fait la vie si brève, quand nous voyons d'un seul coup d'œil, au bout de la barque, les cadavres gisants de tant de grandes cités ?

*

Les villes sont à l'humanité le dépôt du temps que leurs sociétés inventèrent.

Le temps s'y sédimente et y construit un relief de destruction où la destruction ne s'achève pas.

Se dresse une extraordinaire *station debout quasi humaine.*

Fantômes des cités sur le sol terrestre.

Rome est pour moi la plus « ville » de toutes les villes que j'ai vues dans ce monde.

Vivre, marcher à Rome m'émouvait violemment chaque fois que j'y séjournais. La co-présence intense de tous les éléments d'époques distinctes, même placés côte à côte, forment une unité étrange, dispersée, sans rivalités, hétérogène, *apaisante.*

Étrange *pax romana.*

Mosaïque où les dés de couleurs sont des morceaux de temps paléolithiques, palafittes, étrusques, républicains, impériaux, baroques, fascistes. Une mouche survole-t-elle Rome qu'elle peut émettre l'hypothèse qu'il y a eu une espèce sur la terre aux yeux de laquelle le temps pouvait être un espace vivable.

Pompéi est la plus ville morte de toutes les

villes mortes. La mort humaine et son effroi figeant la vie d'une ville instantanément.

Temps laissant en creux dans l'action de la panique vitale le volume des corps humains que le volcan incinère.

# CHAPITRE LXXXVIII

## *Rhynia*

Il y a des moulages faits de boue de petits bourgs qui datent de l'âge du bronze.

Merveilles pétrifiées sous la hideur de la banlieue industrielle de Nola.

Rhynia, haute de cinquante centimètres, doit son nom au lieu de sa découverte dans le comté de Rhynie, en Écosse, où elle fut engloutie lors d'une éruption volcanique.

Il y a des Pompéi de fleurs.

## CHAPITRE LXXXIX

### *Rome*

La maladie du pape Martin V mit en congé deux hommes. Ils avançaient dans les ruines. Ils faisaient fuir des chevrettes grises qui broutaient dans les temples.

Sans s'en rendre compte, sans souci de rentrer chez eux et de retrouver les leurs, ils lèvent tout à coup des lièvres qui bondissent. Ils s'amusent.

Ils font jaillir des rapaces qui fuient vers le ciel. Ils lèvent la tête. Ils regardent les buses qui se nichent au haut des colonnes de marbre encore debout.

Ils s'arrêtent.

Dans un premier temps, ces deux hommes contemplent le temps.

Dans un second temps ils contemplent le soleil.

★

L'un s'appelle Antonio Loschi, l'autre Poggio Bracciolini.

Le *De varietate Fortunae* a été écrit à la fin de janvier 1431. Le pape mourra, à Tusculum, le 20 février.

Les deux lettrés, tous deux employés à la Curie, imprévisiblement libérés de leur tâche, après qu'ils ont longé le beau petit fleuve torrentueux qui traverse la Ville, parvenu à la hauteur de l'île, grimpent sur la colline.

Le soleil monte dans le ciel.

Ils soulèvent des broussailles. Pour déchiffrer des épigraphes sur des pierres ils nettoient avec leur couteau les lettres gravées envahies de mousse ou bourrelées de terre.

Ils mangent des œufs ou boivent du lait frais dans la hutte d'un paysan.

Ils errent. Ils voient au loin le pont Fabricius, l'arc de Lentulus, le champ de Mars, l'aqueduc Celimontano.

Ils fondent l'humanisme. Et ils donnent un nom à ce fantasme. Le Pogge écrit : *Urbe Roma in pristinam formam renascente.*

*Renascente.*

La ville de Rome dans sa beauté première *naissant à nouveau.*

★

C'est à ce moment précis de son traité — lors de cette redescente vers le soleil qui meurt dans les fourrés et les pierres — que le Pogge ajoute au fantasme de la *renascentia* l'hypothèse de l'*oblivio perpetua*.

Il dit à Loschi :

— Nous évoquons l'emplacement de lieux qu'on ne voit déjà plus.

Carence de mémoire est le Jadis même dans le temps.

Tout glisse, dit-il, vers l'oubli éternel (*in oblivionem perpetuam*).

Cette espèce d'abîme est à proportion du Jadis qui gît dans la renaissance.

★

Le Pogge à Loschi :

— Je ne suis pas homme à oublier les jours vivants pour leur préférer le souvenir des ombres et des carnages. Si je fais porter toute mon attention sur la ruine du temps éparse dans l'espace dans lequel nous nous déplaçons, je ne juge pas que les hommes du temps présent soient inférieurs à ceux qui ne sont plus. Ils subissent ce vent de mort et d'instabilité qui vient du fond des âges non seulement avec la même vertu, non seulement avec la même fortitude, mais encore avec — en plus de la vertu et de la force identiques ou comparables — la douleur accrue des temps sans cesse plus nombreux et plus lourds.

## CHAPITRE XC

### *Virgile*

Ils avancent avec précaution dans les grandes ombres, les ronces, les flaques d'or du soleil qui se cache.

Loschi cite Virgile : *D'or aujourd'hui, jadis hérissé de buissons sauvages.*

Le Pogge : Pourquoi le monde s'effondre ? Pourquoi l'espace est-il miné par le temps qui l'éploie ?

Le Pogge est la douleur de plus en plus abyssale que chaque Renaissance dissimule.

\*

L'ombre envahit leurs jambes. Elle approche leur sexe dissimulé dans le velours. La beauté s'élève.

Le soleil se couche.

Le Pogge montre à Loschi avec son bras le mont Aventin devant eux couvert des derniers rayons d'or.

Le Campo Boario rose.

# CHAPITRE XCI

## *Rouge*

Le fond de la matière est rouge.

Tout en nous s'en souvient. Toute approche du Jardin fait rougir encore. Notre sexe s'en souvient. Notre cœur s'en souvient.

La honte nous abandonne tout à coup à une couleur qui a – 15 milliards d'années.

L'ocre nous peint de la couleur des volcans.

Couleur hétérophage où l'air et l'oxygène se mêlent.

Le temps est plus vieux que l'espace et que les astres qui l'éclairent.

La terre si récente ; petit nouveau-né éclairé d'une *lumière qui vient d'ailleurs* et qui a engendré la vie.

*

Sept petites collines,
jadis hérissées de buissons sauvages,

collines qui êtes si anciennes et qui apparais-
sez dans l'or,

toutes petites montagnes retombées en poussière qui datez d'avant le cercle des saisons,

grands animaux couchés plus anciens que les
animaux,

*problèma* plus ancien que nous,

*abyssus* plus ancienne, animalité plus ancienne
que nous, faune plus ancienne que la forme,
questionner plus ancien que la réponse absente,
force plus ancienne que la vie,

apparaître qui est toujours sur le qui-vive,

il ne s'agit en aucun cas de « déconstruire » la
Ruine temporelle humaine. Penser est extatique.
Penser contemple.

*

Il s'agit de contempler sans cesse, de plus en
plus, de plus en plus bouleversée, de plus en plus
bouleversante, de plus en plus érodée, de plus en
plus perdue, la *Ruine surgissante* au sein de son
milieu, sur sa terre, dans la nature, à la surface de
ce fond inhumain et sauvage.

*

Délivrer le passé un peu de sa répétition, voilà
l'étrange tâche.

Nous délivrer nous-mêmes — non de l'existence du passé — mais de son lien, voilà l'étrange et pauvre tâche.

Dénouer un peu le lien de ce qui est passé, de ce qui s'est passé, de ce qui passe, telle est la simple tâche.

Dénouer un peu le lien.

# DU MÊME AUTEUR

## Aux Éditions Gallimard

LE LECTEUR, *récit*, 1976.

CARUS, *roman*, 1979 (« Folio », n° 2211).

LES TABLETTES DE BUIS D'APRONENIA AVITIA, *roman*, 1984 (« L'Imaginaire », n° 212).

LE SALON DU WURTEMBERG, *roman*, 1986 (« Folio », n° 1928).

LES ESCALIERS DE CHAMBORD, *roman*, 1989 (« Folio », n° 2301).

TOUS LES MATINS DU MONDE, *roman*, 1991 (« Folio », n° 2533).

LE SEXE ET L'EFFROI, 1994 (« Folio », n° 2839).

VIE SECRÈTE, 1998 (« Folio », n° 3292).

TERRASSE À ROME, *roman*, 2000 (« Folio », n° 3542).

## Chez d'autres éditeurs

L'ÊTRE DU BALBUTIEMENT, *Mercure de France*, 1969.

ALEXANDRA de LycoPHRON, *Mercure de France*, 1971.

LA PAROLE DE LA DÉLIE, *Mercure de France*, 1974.

MICHEL DEGUY, *Seghers*, 1975.

ÉCHO, *suivi de* ÉPISTOLÈ ALEXANDROY, *Le Collet de Buffle*, 1975.

SANG, *Orange Export Ltd*, 1976.

HIEMS, *Orange Export Ltd*, 1977.

SARX, *Maeght Éditeur*, 1977.

LES MOTS DE LA TERRE, DE LA PEUR ET DU SOL, *Clivages*, 1978.

INTER AERIAS FAGOS, *Orange Export Ltd*, 1979.

SUR LE DÉFAUT DE TERRE, *Clivages*, 1979.

LE SECRET DU DOMAINE, *Éditions de l'Amitié*, 1980.

LE VŒU DE SILENCE, *Fata Morgana*, 1985.

UNE GÊNE TECHNIQUE À L'ÉGARD DES FRAG-
MENTS, *Fata Morgana*, 1986.

ETHELRUDE ET WOLFRAMM, *Claude Blaizot*, 1986.

LA LEÇON DE MUSIQUE, *Hachette*, 1987.

ALBUCIUS, *P.O.L*, 1990 (« Folio », n° *3992*).

KONG SOUEN-LONG, SUR LE DOIGT QUI MONTRE
CELA, *Michel Chandeigne*, 1990.

LA RAISON, *Le Promeneur*, 1990.

PETITS TRAITÉS, tomes I à VIII, *Maeght Éditeur*, 1990 (« Folio »,
n° *2976-2977*).

GEORGES DE LA TOUR, *Éditions Flohic*, 1991.

LA FRONTIÈRE, *roman*, *Éditions Chandeigne*, 1992 (« Folio »,
n° *2572*).

LE NOM SUR LE BOUT DE LA LANGUE, *P.O.L*, 1993
(« Folio », n° *2698*).

L'OCCUPATION AMÉRICAINE, *roman*, *Seuil*, 1994 (« Points »,
n° *208*).

LES SEPTANTE, *Patrice Trigano*, 1994.

L'AMOUR CONJUGAL, *Patrice Trigano*, 1994.

RHÉTORIQUE SPÉCULATIVE, *Calmann-Lévy*, 1995 (« Folio »,
n° *3007*).

LA HAINE DE LA MUSIQUE, *Calmann-Lévy*, 1996 (« Folio »,
n° *3008*).

TONDO, *Flammarion*, 2002.

LES OMBRES ERRANTES, *Grasset*, 2002 (« Folio », n° *4078*).

SUR LE JADIS, *Grasset*, 2002 (« Folio », n° *4137*).

ABÎMES, *Grasset*, 2002 (« Folio », n° *4138*).

# COLLECTION FOLIO

*Composition CMB Graphic*
*Impression Liberduplex*
*à Barcelone, le 17 décembre 2004*
*Dépôt légal : décembre 2004*
ISBN : 2-07-042781-1./Imprimé en Espagne.